张晓风

张晓风 著

年年岁岁
岁岁年年

浙江文艺出版社
Zhejiang Literature & Art Publishing House

图书在版编目（CIP）数据

张晓风：年年岁岁岁岁年年 / 张晓风著. —杭州：
浙江文艺出版社，2024.6
ISBN 978-7-5339-7575-3

Ⅰ.①张… Ⅱ.①张… Ⅲ.①散文集—中国—当
代 Ⅳ.①I267

中国国家版本馆CIP数据核字（2024）第066669号

统　　筹　王晓乐　　　　封面设计　广　岛
责任编辑　汤明明　　　　封面插画　Stano
责任校对　唐　娇　　　　营销编辑　张恩惠
责任印制　吴春娟

张晓风：年年岁岁岁岁年年

张晓风 著

出版发行　浙江文艺出版社
地　　址　杭州市环城北路177号
邮　　编　310003
电　　话　0571-85176953（总编办）
　　　　　0571-85152727（市场部）
制　　版　杭州天一图文制作有限公司
印　　刷　杭州富春印务有限公司
开　　本　880毫米×1230毫米　1/32
字　　数　139千字
印　　张　8
插　　页　2
版　　次　2024年6月第1版
印　　次　2024年6月第1次印刷
书　　号　ISBN 978-7-5339-7575-3
定　　价　39.80元

出版说明

自五四新文化运动以来，中国文学面目一新。在中西方文化的碰撞与融合中，小说、诗歌、戏剧等文学形式完成蜕变与新生，而散文以其自由自在的天性，踵事增华，其成果蔚为大观。

郁达夫认为，较之古代的"文"，现代中国散文有三点特异之处，即"'个人'的发见""内容范围的扩大""人性，社会性，与大自然的调和"（《中国新文学大系·散文二集·导言》）。散文家们兼收并蓄，将万事万物融于一心，"以我手写我口"，取径不同，或叙事、抒情、议论，或写人、描景、状物；风格各异，或蕴藉、洗练、飞扬，或磅礴、绮丽、缜密。就应用而言，以学识、阅历、心境为核心的小品文，以小见大，言近旨远，张扬个人性情；以观察、讽刺、同情为底色的杂文，见微知著，刚柔相济，召唤战斗精神……种种流派，非止一端。

为了给当代读者提供一套选目得当、编校精良的散文选本，我们推出"名家散文"系列，从灿若星辰的中国现代散文家中遴选出一批作者，精选其散文创作中的经典作品，结集成册，以飨读者，或可视作对百年现代中国散文的一次阶段性回顾与总结。我们相信，尽管这些作品产生的背景千差万别，但其呈现的智识与感性、追求与希冀，是跨越时空而能与读者共鸣的。我们也相信，经典之所以为经典，因其经得起时间的汰洗，这里的文章，初读，是迎面撞上万千世界，吉光片羽，亦足珍惜；再读，则是与无数智者的重逢，向内发现自己，向外发现众生。

文学的历史同时也是一部语言文字的历史，而汉语的标准化也随着时间的推移不断地演变、更新。五四白话文运动以来，文学语言流动而多变，呈现出丰富和复杂的样貌。文字、词汇、语法的繁芜丛杂背后，是思想文化的多元与活跃，也是作家不同审美取向和个人风格的展现。因此，我们在编辑过程中尽量尊重文章原刊或初版时的面貌，使读者能够感受到语言的时代特色，比如"的""地""底"共存的现象。同时，考虑到读者尤其是学生的阅读需求，我们按当下的规范做了有限度的修订。

编辑出版工作中难免存在不足之处，热忱欢迎广大读者批评指正。

浙江文艺出版社

2

目　录

画　晴

我　在

星　约

画
晴

在一片坠落的花瓣将我惊醒之前，生命还有那么多那么丰富的情节可以一一来入梦。

画　晴

　　落了许久的雨，天忽然晴了。心理上就觉得似乎捡回了一批失落的财宝，天的蓝宝石和山的绿翡翠在一夜之间又重现在晨窗中了。阳光倾注在山谷中，如同一盅稀薄的葡萄汁。

　　我起来，走下台阶，独自微笑着、欢喜着。四下一个人也没有，我就觉得自己也没有了。天地间只有一团喜悦、一腔温柔、一片勃勃然的生气，我走向田畦，就以为自己是一株恬然的菜花；我举袂迎风，就觉得自己是一缕婉转的气流；我抬头望天，却又把自己误为明灿的阳光。我的心从来没有这样宽广过，恍惚中忆起一节经文："上帝叫日头照好人，也照歹人。"我第一次那样深切地体会到造物的深心。我就忽然热爱起一切有生命和无生命的东西来了。我那样渴切地想对每一个人说声早安。

不知怎的，忽然想起住在郊外的陈，就觉得非去拜访她不可，人在这种日子里真不该再有所安排和计划的。在这种阳光中如果不带有几分醉意，凡事随兴而行，就显得太不调和了。

转了好几班车，来到一条曲折的黄泥路。天晴了，路刚晒干，温温软软的，让人感觉到大地的脉搏。一路走着，不觉到了，我站在竹篱面前，连吠门的小狗也没有一只。门上斜挂了一把小铃，我独自摇了半天，猜想大概是没人了。低头细看，才发现一个极小的铜锁——她也出去了。

我又站了许久，不知道自己该往哪里去。想要留个字条，却又说不出所以造访的目的。其实我并不那么渴望见她的。我只想消磨一个极好的太阳天，只想到乡村里去看看五谷六畜怎样欣赏这个日子。

抬头望去，远处禾场很空阔，几垛稻草疏疏落落地散布着，颇有些仿古制作的意味。我信步徐行，发现自己正走向一片广场。黄绿不匀的草在我脚下伸展着，奇怪的大石在草丛中散置着。我选了一块比较光滑的斜靠而坐，就觉得身下垫的和身上盖的，都是灼热的阳光。我陶醉了许久，定神环望，才发现这景致简单得不可置信——一片草场，几块乱石。远处唯有天草相黏，近处只有好风如水。没有任何名花异草，没有任何仕女云集。但我为什么这样痴骏地坐着呢？我是被什么吸引着呢？

我悠然地望着天，我的心就恍然回到往古的年代，那时候必然也是一个久雨后的晴天，一个村野之人，在耕作之余，到禾场上去晒太阳。他的小狗在他的身旁打着滚，弄得一身是草。他酣然地躺着、傻傻地笑着，觉得没有人经历过这样的幸福。于是，他兴奋起来，喘着气去叩王室的门，要把这宗秘密公布出来。他万万没有想到所有听见的人都掩袖窃笑，从此把他当作一个典故来打趣。

他有什么错呢？因为他发现的真理太简单吗？但经过这样多个世纪，他所体味的幸福仍然不是坐在暖气机边的人所能了解的。如果我们肯早日离开阴深黑暗的蛰居，回到热热亮亮的光中，那该多美呢！

头顶上有一棵不知名的树，叶子不多，却都很青翠，太阳的影像从树叶的微隙中筛了下来。暖风过处一满地圆圆的日影都欣然起舞。唉，这样温柔的阳光，对于庸碌的人而言，一生之中又能几遇呢？

坐在这样的树下，又使我想起自己平日对人品的观察。我常常觉得自己的浮躁和浅薄就像"夏日之日"，常使人厌恶、回避。于是在深心之中，总不免暗暗地向往着一个境界——"冬日之日"。那是光明的，却毫不刺眼；是暖热的，却不致灼人。什么时候我才能那样含蕴，那样温柔敦厚而又那样深沉呢？"如果你要我成为光，求你叫我成为这样的光。"我不禁用全心灵祷求"不是独步中天，造成气焰和光芒，而是透过灰冷的天空，用一腔热忱去温暖一切僵坐在阴湿中的人"。

渐近日午，光线更明朗了，一切景物的色调开始变得浓重。记得曾读过段成式的作品，独爱其中一句："坐对当窗木，看移三面阴。"想不到我也有缘领略这种静趣。其实我所欣赏的，前人已经欣赏了。我所感受的，前人也已经感受了。但是，为什么这些经历依旧是这么深、这么新鲜呢？

身旁有一袋点心，是我顺手买来，打算送给陈的。现在却成了我的午餐。一个人，在无垠的草场上，咀嚼着简单的干粮，倒也是十分有趣。在这种景色里，不觉其饿，却也不觉其饱。吃东西只是一种情趣、一种艺术。

我原来是带了一本词集子的，却一直没打开，总觉得直接观赏情景，比间接的观赏要深刻得多。饭后有些倦了，才顺手翻它几页。不觉沉然欲睡，手里还拿着书，人已经恍然踏入另一个境界。

等到醒来，发现几只黑色瘦胫的羊，正慢慢地啮着草，远远地有一个孩子跷脚躺着，悠然地嚼着一根长长的青草。我抛书而起，在草场上迂回漫步。难得这么静的下午，我的脚步声和羊群的啮草声都清晰可闻。回头再看看那曲臂为枕的孩子，不觉有点羡慕他那种"富贵于我如浮云"的风度了。几只羊依旧低头择草，恍惚间只让我觉得它们嚼的不只是草，而是冬天里半发的绿意，以及草场上无边无际的阳光。

日影稍稍西斜了，光辉却仍旧不减，在一天之中，我往往偏爱这一刻。我知道有人歌颂朝云，有人爱恋晚霞。至于耀眼的日升和幽邃的黑夜都惯受人们的钟爱。唯有这样平凡的下午，没有一点彩色和光芒的时刻，常常会被人遗忘。但我却不能自禁地喜爱并且瞻仰这份宁静、恬淡和收敛。我回到自己的位置坐下，茫茫草原，就只交付我和那看羊的孩子吗？叫我们如何消受得完呢？

偶抬头，只见微云掠空，斜斜地徘徊着，像一首短诗，像一阕不规则的小令。看着看着，就忍不住发出许多奇想。记得元曲中有一段述说一个人不能写信的理由："不是无情思，绕青江，买不得天样纸。"而现在，天空的蓝笺已平铺在我头上，我却又苦于没有云样的笔。其实即使有笔如云，也不过随写随抹，何尝尽责描绘造物之奇。至于和风动草，大概本来也想低吟几句云的作品。只是云彩总爱反复地更改着，叫风声无从传布。如果有人学会云的速记，把天上的文章流传几篇到人间，却又该多么好呢。

正在痴想之间，发现不但云朵的形状变幻着，连它的颜色也奇异地转换了。半天朱霞，粲然如焚，映着草地也有三分红意了。不仔细分辨，就像莽原尽处烧着一片野火似的。牧羊的孩子不知何时已把他的羊聚拢了。村落里炊烟袅升，他也就隐向一片暮霭中去了。

我站起身来，摸摸石头还有一些余温，而空气中却沁进几分凉意了。有一群孩子走过，每人抱着一怀枯枝干草。忽然见到我就都停下来，互相低语着：

"她有点奇怪，不是吗？"

"我们这里从来没有人来远足的。"

"我知道，"有一个较老成的孩子说，"他们有的人喜欢到这里来画图的。"

"可是，我没有看见她的纸和她的水彩呀！"

"她一定画好了，藏起来了。"

得到满意的结论以后，他们又作一行归去了。远处有疏疏密密的竹林，掩映一角红墙，我望着他们各自走入他们的家，心中不禁怅然若失。想起城市的街道，想起两侧壁立的大厦，人行其间，抬头只见一线天色，真仿佛置身于死阴的幽谷了。而这里，在这不知名的原野中，却是遍地泛滥着阳光。人生际遇不同，相去多么远啊！

我转身离去，落日在我身后画着红艳的圆，而远处昏黄的灯光也同时在我面前亮起。那种壮丽和寒碜成为极强烈的对照。

遥遥地看到陈的家，也已经有了灯光，想她必是倦游归来了。我迟疑了一下，没有走过去摇铃，我已拜望过郊外的晴朗，不必再看她了。

走到车站，总觉得手里比来的时候多了一些东西，低头看看，依然是那一本旧书。这使我忽然迷惑起来了，难道我真的携有一张画吗？像那个孩子所说的："画好了，藏起来了！"

归途上，当我独行在黑茫茫的暮色中，我就开始接触那轴画了。它是用淡墨染成的"晴郊图"，画在平整的心灵素宣上，在每一个阴黑的地方向我展示。

雨天的书

一

　　我不知道，天为什么无端落起雨来了。薄薄的水雾把山和树隔到更远的地方去，我的窗外遂只剩下一片辽阔的空茫了。

　　想你那里必是很冷了吧？另芳。青色的屋顶上滚动着水珠子，滴沥的声音单调而沉闷，你会不会觉得很寂寥呢？

　　你的信仍放在我的梳妆台上，折得方方正正的，依然是当日的手痕。我以前没见过你，以后也找不着你，我所能持有的，也不过就是这一片模模糊糊的痕迹罢了。另芳，而你呢？你没有我的只字片语，等到我提起笔，却又没有人能为我传递了。

冬天里，南馨拿着你的信来。细细斜斜的笔迹，优雅温婉的话语。我很高兴看你的信，我把它和另外一些信件并放着。它们总是给我鼓励和自信，让我知道，当我在灯下执笔的时候，实际上并不孤独。

另芳，我没有即时回你的信，人大了，忙的事也就多了。后悔有什么用呢？早知道你是在病榻上写那封信，我就去和你谈谈，陪你出去散散步，一同看看黄昏时候的落霞。但我又怎么想象得到呢？十七岁，怎么能和死亡联想在一起呢？死亡，那样冰冷阴森的字眼，无论如何也不该和你发生关系的。这出戏结束得太早，迟到的观众只好望着合拢的黑绒幕黯然了。

雨仍在落着，频频叩打我的玻璃窗。雨水把世界布置得幽冥昏暗，我不由幻想你打着一把小伞，从芳草没胫的小路上走来，走过生，走过死，走过永恒。

那时候，放了寒假。另芳，我心里其实一直是惦着你的。只是找不着南馨，没有可以传信的人。等开了学，找着了南馨，一问及你，她就哭了。另芳，我从来没有这样恨自己。另芳，如今我向哪一条街寄信给你呢？有谁知道你的新地址呢？

南馨寄来你留给她的最后字条，捧着它使我泫然。另芳，我算什么呢？我和你一样，是被送来这世界观光的客人。我带着惊奇和喜悦看青山和绿水，看生命和知识。另芳，我有什么特别值得一顾的呢？只是我看这些东西的时候比别人多了一份冲动，便不由得把它记录下来了。我究竟有什么值得结识的呢？那些美得叫人痴狂的东西没有一样是我创造的，也没有一件是我经营的，而我那些仅有的记录，也是破碎支离，几乎完全走样的，另芳，聪慧如你，为什么念念要得到我的信呢？

"她死的时候没有遗憾，"南馨说，"除了想你的信。你能写一封信给她吗？我要烧给她——我是信耶稣的，我想耶稣一定会拿给她的。"

她是那样天真，我是要写给你的，我一直想着要写的，我把我的信交给她，但是，我想你已经不需要它了。你此刻在做什么呢？正在和鼓翼的小天使嬉戏吧？或是拿软软的白云捏人像吧？（你可曾塑过我？）再不然就一定是在茂美的林园里倾听金琴的轻拨了。

另芳，想象中，你是一个纤柔多愁的影子，皮肤是细致的浅黄，眉很浓，眼很深，嘴唇很薄（但不爱说话），是吗？常常穿着淡蓝色的衣裙，喜欢望着帘外的落雨而出神，是吗？另芳，或许我们真是不该见面的，好让我想象中的你更为真切。

另芳，雨仍下着，淡淡的哀愁在雨里飘零。遥想你墓地上的草早该绿透了，但今年春天你却没有看见。想象中有一朵白色的小花开在你的坟头，透明而苍白，在雨中幽幽地抽泣。

而在天上，在那灿烂的灵境上，是不是也正落着阳光的雨、落花的雨和音乐的雨呢？另芳，请俯下你的脸来，看我们，以及你生长过的地方。或许你会觉得好笑，便立刻把头转开了。你会惊讶地自语："那些年，我怎么那么痴呢？其实，那些事不是都显得很滑稽吗？"

另芳，你看，我写了这么多。是的，其实写这些信也很滑稽，在永恒里你已不需要这些了。但我还是要写，我许诺过要写的。

或者，明天早晨，小天使会在你的窗前放一朵白色的小花，上面滚动着无数银亮的小雨珠。

"这是什么？"

"这是我们在地上发现的，有一个人，写了一封信给你，我们不愿把那样拙劣的文字带进来，只好把它化成一朵小白花了——你去念吧，她写的都在里面了。"

那细碎质朴的小白花遂在你的手里轻颤着。另芳，那时候，你怎样想呢？它把什么都说了，而同时，它什么也没有说。那一片白，乱簌簌地摇着，模模糊糊地摇着你生前曾喜爱过的颜色。

那时候，我愿看到你的微笑，隐约而又浅淡，映在花丛的水珠里——那是我从来没有看见，并且也没有想象过的。

二

细致的湘帘外响起潺潺的声音，雨丝和帘子垂直地交织着，遂织出这样一个朦胧黯淡而又多愁绪的下午。

山径上两个顶着书包的孩子在跑着、跳着、互相追逐着。她们不像是雨中的行人，倒像是在过泼水节了。一会儿，她们消逝在树丛后面，我的面前重新现出湿湿的绿野，低低的天空。

手里握着笔，满纸画的都是人头。上次念心理系的王说，人所画的，多半是自己的写照。而我的人像都是沉思的，嘴角有一些悲悯的笑意。那么，难道这些都是我吗？难道这些身上穿着曳地长裙，右手握着檀香折扇，左手擎着小花阳伞的都是我吗？咦，我竟是那个样子吗？

一张信笺摊在玻璃板上，白而又薄。信债欠得太多了，究竟今天先还谁的呢？黄昏的雨落得这样忧愁，那千万只柔柔的纤指抚弄着一束看不见的弦索，轻挑慢捻，触着的总是一片凄凉悲怆。

那么，今日的信寄给谁呢？谁愿意看一带灰白的烟雨呢？但是，我的眼前又没有万里晴岚，这封信却怎么写呢？

这样吧，寄给自己，那个逝去的自己。寄给那个听小舅讲《灰姑娘》的女孩子，寄给那个跟父亲念《新丰折臂翁》的中学生。寄给那个在水边静坐的织梦者，寄给那个在窗前扶头的沉思者。

但是，她在哪里呢？就像刚才那两个在山径上嬉玩的孩童，倏忽之间，便无法追寻了。而那个"我"呢？你隐藏到哪一处树丛后面去了呢？

你听，雨落得这样温柔，这不是你所盼的雨吗？记得那一次，你站在后庭里，抬起头，让雨水落在你张开的口里，那真是很好笑的。你又喜欢一大早爬起来，到小树叶下去找雨珠儿。你很小心地放在写算术用的化学垫板上，高兴得像是得了一满盘珠宝。你真是很富有的孩子，真的。

什么时候你又走进中学的校园了，在遮天的古木下听隆隆的雷声，看松鼠在枝间乱跳，你忽然欢悦起来。你的欣喜有一种原始的单纯和热烈，使你生起一种欲舞的意念。但当天空陡然变黑，暴风夹雨而至的时候，你就突然静穆下来，带着一种虔诚的敬畏。你是喜欢雨的，你一向如此。

那年夏天，教室后面那棵花树开得特别灿美，你和芷同时都发现了。那些嫩枝被成串的黄花压得低垂下来，一直垂到小楼的窗口。每当落雨时分，那些花串儿就变得透明起来，美得让人简直不敢喘气。

那天下课的时候，你和芷站在窗前。花在雨里，雨在花里，你们遂被那些声音、那些颜色颠倒了。但渐渐地，那些声音和颜色也悄然退去，你们遂迷失在生命早年的梦里。猛回头，教室竟空了，才想起那一节是音乐课，同学们都走光了。那天老师没骂你们，真是很幸运的——不过他本来就不该骂你们，你们在听夏日花雨的组曲呢！

渐渐地，你会忧愁了。当夜间，你不自禁地去听竹叶滴雨的微响；当初秋，你勉强念着"留得残荷听雨声"，你就模模糊糊地为自己拼凑起一些哀愁了。你愁着什么呢？你不能回答——你至今都不能回答。你不能抑制自己去喜欢那些苍凉的景物，又不能保护自己不受那种愁绪的感染。其实，你是不必那么善感的，你看，别人家都忙自己的事，偏是你要愁那不相干的愁。

年齿渐长，慢慢也会遭逢一点人事了，只是很少看到你心平气和过，并且总是带着鄙夷，看那些血气衰败到不得不心平气和的人。在你，爱是火炽的，恨是死冰的，同情是渊深的，哀愁是层叠的。但是，谁知道呢？人们总说你是文静的，只当你是温柔的。他们永远不了解，你所以爱阳光，是钦慕那种光明；你所以爱雨水，是向往那份淋漓。但是，谁知道呢？

当你读到《论语》上那句"知其不可而为之"时，忽然血如潮涌，几天之久不能安坐。你从来没有经过这样大的暴雨——在你的思想和心灵之中。你仿佛看见那位圣人的终生颠沛，因而预感到自己的一部分命运。但你不能不同时感到欣慰，因为许久以来，你所想要表达的一个意念，竟在两千年前的一部典籍上出现了。直到现在，一想起这句话，你心里总激动得不能自己。你真是傻得可笑，你。

凭窗望去，雨已看不分明，黄昏竟也过去了。只是那清晰的声音仍然持续，像乐谱上一个延长符号。那么，今夜又是一个凄零的雨夜了。你在哪里呢？你愿意今宵来入梦吗？带我到某个旧游之处去走走吧！南京的古老城墙是否已经苔滑？柳州的峻拔山水是否也已剥落？

下一次写信是什么时候呢？我不知道。当有一天我老的时候，或许会写一封很长的信给你呢！我不希望你接到一封有谴责意味的信，我是多么期望能写一封感谢和赞美的信啊！只是，那时候的你配得到它吗？

雨声滴答，寥落而美丽。在不经意的一瞥中，忽然发现小室里的灯光竟是这般温柔；同时，在不经意的回顾里，你童稚的光辉竟也在遥远的地方闪烁。而我呢？我的光芒呢？真的，我的光芒呢？在许多年之后，当我桌上这盏灯燃尽了，世人还有没有其他的光呢？哦，我的朋友，我不知道那么多，只愿那时候你我仍发着光，在每个黑暗凄冷的雨夜里。

林木篇

行道树

每天，每天，我都看见它们，它们是已经生了根的——在一片不适于生根的土地上。

有一天，一个炎热而忧郁的下午，我沿着人行道走着，在穿梭的人群中，听自己寂寞的足音，我又看到它们，忽然，我发现，在树的世界里，也有那样完整的语言。

我安静地站住，试着去了解它们所说的一则故事：

我们是一列树，立在城市的飞尘里。

许多朋友都说我们是不该站在这里的，其实这一点，我们知道得比谁都清楚。我们的家在山上，在不见天日的原始森林里。而我们居然站在这儿，站在这双线道的马路边，这无疑是一种堕落。我们的同伴都在吸露，都在玩凉凉的云。而我们呢？我们唯一的装饰，正如你所见的，是一身抖不落的煤烟。

是的，我们的命运被安排定了，在这个充满车辆与烟囱的工业城里，我们的存在只是一种悲凉的点缀。但你们尽可以节省下你们的同情心，因为，这种命运事实上也是我们自己选择的——否则我们不必在春天勤生绿叶，不必在夏日献出浓荫。神圣的事业总是痛苦的，但是，也唯有这种痛苦能把深度给予我们。

当夜来的时候，整个城市里都是繁弦急管，都是红灯绿酒。而我们在寂静里，我们在黑暗里，我们在不被了解的孤独里。但我们苦熬着把牙龈咬得酸疼，直等到朝霞的旗冉冉升起，我们就站成一列致敬——无论如何，我们这城市总得有一些人迎接太阳！如果别人都不迎接，我们就负责把光明迎来。

这时，或许有一个早起的孩子走了过来，贪婪地呼吸着鲜洁的空气，这就是我们最自豪的时刻了。是的，或许所有的人都早已习惯于污浊了，但我们仍然固执地制造着不被珍视的清新。

落雨的时分也许是我们最快乐的，雨水为我们带来故人的消息，在想象中又将我们带回那无忧的故林。我们就在雨里哭泣着，我们一直深爱着那里的生活——虽然我们放弃了它。

立在城市的飞尘里，我们是一列忧愁而又快乐的树。

故事说完了，四下寂然，一则既没有情节也没有穿插的故事，可是，我听到它们深深的叹息。我知道，那故事至少感动了它们自己。然后，我又听到另一声更深的叹息——我知道，那是我自己的。

枫

秋天，茜从日本来信说："能想象吗？满山满谷都是红叶，都是鲜丽欲燃的红叶。"

放下信，我摹想着，那是怎样的一座山呢？远看起来像一块剔透的鸡血石呢，还是像一抹醉眠的晚霞呢？

从来没有偏爱过红色，只是在清清冷冷的落叶季里，心中不免渴切地向往那一片有着热度的红。当满山红叶诗意地悬挂着，这是多少美丽的忧愁啊！

那种脆薄的、锯齿形的叶子也许并不是最漂亮的，但那憔悴中仍然殷红的脉络总使我想起殉道者的血，在苍凉的世纪里独自红着。

有一天，当我不得不离开我曾经热爱过的世界，我愿有一双手，为我栽两株枫树。春天来时，青绿的叶影里仍然蕴藏着使我痴迷过的诗意。秋天，在霜滑的晚上，干干的红色堆积得很厚，像是故人亲切的问候，从群山之外捎来。那时，我必定是很欣慰的。

愿意如那一树枫叶，在晨风中舒开我纯洁的浅碧，在夕照中燃烧我殷切的灿红。

白千层

在匆忙的校园里走着，忽然，我的脚步停了下来。

"白千层"，那个小木牌上这样写着。小木牌后面是一株很粗壮很高大的树。它奇异的名字吸引着我，使我感动不已。

它必定已经生长很多年了，那种漠然的神色、孤高的气象，竟有些像白发斑驳的哲人了。

它有一种很特殊的树干，绵软的，细韧的，一层比一层更洁白动人。

必定有许多坏孩子已经剥过它的树干了，那些伤痕很清楚地挂着。只是整个树干仍然挺立得笔直，在表皮被撕裂的地方显出第二层的白色，恍惚在向人说明一种深奥的意思。

一千层白色，一千层纯洁的心迹，这是一种怎样的哲学啊！冷酷的摧残从没有给它带来什么，所有的，只是让世人看到更深一层的坦诚罢了。

在我们人类的森林里，是否也有这样一株树呢？

相思树

很小的时候就开始喜欢那一片细细碎碎的浓绿。每次坐在树下望天，那些刀形的小叶忽然在微风里活跃起来，像一些熙熙攘攘的船，航在青天的大海里，不用桨也不用楫，只是那样无所谓地漂浮着。

有时走到密密的相思林里，太阳的光屑细细地筛了下来，在看不见的枝丫间，有一只淘气的鸟儿在叫着。那时候就只想找一段粗粗的树根为枕，静静地借草而眠，并且猜测醒来的时候，阳光会堆积得多厚。

有一次，一位从乡间来的朋友提起相思树，他说：

"那是一种很致密的木材，烧过以后是最好的木炭呢，叫作相思炭。"

我望着他，因激动而沉默了。相思炭！怎样美好的名字，"化作焦炭也相思"，一种怎样的诗情啊！

以后，每次看见那细细密密的叶子，心里不知怎么总是深深地感动着。

每一棵树都是一个奇迹，不是吗？

梧　桐

其实，真正高大古老的梧桐木，我是没有见过的。

也许由于没有见过，它的身影在我心中便显得越发高大了。有时，打开窗子，面对着满山蓊郁的林木，我的眼睛便开始在那片翠绿中寻找一株完全不同的梧桐，可是，它不在那里。

想象中，它应该生长在冷冷的山阴里，孤独地望着蓝天，并且试着用枝子去摩挲过往的白云。在离它不远的地方有山泉的细响，泠泠如一曲琴音。渐渐地，那些琴音嵌在它的年轮里，使得梧桐木成为最完美的音乐木材。

我没有听过梧桐所制的古琴，事实上我们的时代也无法再出现一双操琴的手了。但想象中，那种空灵而缥缈的琴韵仍然从不可知的方向来了，并且在我梦的幽谷里低回着。

我又总是想起庄子所引以自喻的凤鸟鹓鶵，"夫鹓鶵，发于南海而飞于北海。非梧桐不止，非练实不食，非醴泉不饮"。

一想到那金羽的凤鸟，栖息在那高大的梧桐树上，我就无法不兴奋。当然，我也没有见过鹓鶵，但我却深深地爱着它，爱它那种非梧桐不止的高洁，那种不苟于乱世的逸风。

然而，何处是我可以栖止的梧桐呢？

它必定存在着，我想——虽然我至今还没有寻到它，但每当我的眼睛在窗外重重叠叠的峦嶂里搜索的时候，我就十分确切地相信，它必定正隐藏在某个湿冷的山阴里。在孤单的岁月中，在渴切的等待中，聆听着泉水的弦柱。

春 俎

春天是一则谎言

那女孩说，春天是一则谎言，饰以软风，饰以杜鹃；那女孩斩钉截铁地说，春天，是一则谎言。

——可是，她说，二十年过去，我仍不可救药地甘于被骗。那些偶然红的花，那些偶然绿的水，竟仍然令我痴迷。春天一来，便老是忘记，忘记蓝天是一种骗局，忘记急湍是一种诡语，忘记千柯都只不过在开些空头支票，忘记万花只不过服食了迷幻药。真的，老是忘记——直到秋晚醒来时，才发现他们玩的只不过是些老把戏，而你又被骗了，你只能在苍白的北风中向壁叹息。

她说她的，我总不能拒绝春天。春水一涨潮，我就变得盲目，变得混沌，像一个旧教徒，我恭谨地行到溪畔去办"告解"，去照鉴自己的心，看看能不能仍拼成水仙——虽然，可能她说得对，虽然春天可能什么都不是，虽然春天可能只是一则谎言。

过　客

别墅的主人买了地，盖了房子，却无奈地陷在楼最高、气最浊、车马最喧腾的地方，把别墅的所有权状当作清供。

而第一位在千山夜雨中拧亮玻璃吊盏的人，却竟是我这陌生的过客，一时之间恍惚竟以为别墅是我的——或者也是云的。谁是客？谁是主？谁是物？谁是我？谁曾占有过什么？谁又曾管领过什么？

长长的甬道，只回响我的软履。寂然的阳台，只留我独饮风露，穆然的大柜，只垂挂我的春衫，初涨的新溪，只流过我的梦槛——那主人不在。那主人不在，我把一切的美好霸占得那样彻底。

纤草初渥，足下的春泥几乎在升起一种柔声的歌。而这片土地，两年以前属于禾稻，千纪以前属于牧畜，万年以前属于渔猎，亿载以前属于洪荒，而此刻，它属于一张一尺见方的所有权状。

而我是谁？为什么我感到自己强烈的占有，不是今夜的占有，而是亿载之前的占有，我几乎能指出哪一带蓝天曾腾跃过飞龙，哪一丛密林曾隐居着麒麟，哪一片水滩曾映照七彩的凤凰，哪一座小桥曾负载夹弓猎人的歌；而今夜，我取代他们，继承他们，让我的十趾来膜拜泥土。

今夜，我是拙而安的鸠鸟，我占着别人的别墅，我占着有巢氏的巢，我占着昭阳宫，我占着含章殿，我占着裴令的绿野堂，我占着王摩诘的辋川和终南别业，我占着亘古长存的大地庙堂——我，一个过客。

坠　星

山的美在于它的重复，在于它是一种几何级数，在于它是一种循环小数，在于它的百匝千遭，在于它永不干休的环抱。

晚上，独步山径。两侧的山又黑又坚实，有如一锭古老的徽墨，而徽墨最浑凝的上方却被一点灼然的光突破。

"星坠了！"我忽然一惊。

而那一夜并没有星，我才发现那或者只是某一个人一盏灯。一盏灯？可能吗？在那样孤绝的高处？伫立许久，我仍弄不清那是一颗低坠的星或是一盏高悬的灯。而白天，我什么也不见，只见云来雾往，千壑生烟。但夜夜，它不瞬地亮着，令我迷惑。

山　月

山月升起的地方刚好是对岸山间一个巧妙的缺口。中宵惊起，一丸冷月像颗珠子，莹莹然地镶嵌在山的缺处。

有些美，如山间月色，不知为什么美得那样无情，那样冷绝白绝，触手成冰。无月之夜的那种浑厚温暖的黑色此刻已被扯开，山月如雨，在同样的景片上硬生生地安排下另一种格调。

真的，山月如雨，隔着长窗，隔着纱帘，一样淋得人兜头兜脸，眉发滴水，连寒衾也淋湿了，一间屋子竟无一处可着脚，整栋别墅都漂浮起来，混漾起来，让人有一种绝望的惊惶。

山月总是触动人最深处的忧伤，山月让人不能遗忘。

山月照在山的这一边，山月照在山的那一边。山的这一方是长帘垂地的别墅，山的那一方是海峡深蕴的忧伤。

山月照在岛上，山月也绕过岛去照一千一百万平方公里的旧梦，在不眠的中宵。在万窍含风的永夜，山月吹起令人愁倒的胡笳。

山月何以如此凛冽，山月何以如此无情，山月何以如此冷绝愁绝，触手成冰！

夜　雨

雨声有时和溪声是很难分辨的，尤其在夜里。有时为了证实雨，我必须从回廊探出双臂。探着雨，便安心地回去躺下，欣喜而满足，夜是母性的，雨也是，我遂在双重的母性中拥书而眠。

书不多。但从"毛诗"到皮兰德娄，从陶渊明到乌托邦都有，只是落雨的夜里，我却总想起秦少游，以及他的"可堪孤馆闭春寒，杜鹃声里斜阳暮"。雨声中唯一的缺憾是失去鸟声。有一种鸟声，平时总听得到，细长而无尾音，却自有一种直抒胸臆的简捷的悲怆，像一个不善言辞的人的低喟。雨夜中有时不免想起那只鸟，不知在何处抖动它潮湿的羽毛和潮湿的叹息。

盛夏中偶落的骤雨，照例总扬起一阵浓郁的土香。而三月的夜雨不知为什么也能渗出一丝丝的青草味，跟太阳蒸发出来的强烈的草薰不同，是一种幽森的、细致的、嫩生生的气味。我想如果有一天我失明了，光凭嗅觉，我也能毫无错误地辨认出三月的夜雨。

野　溪

从来没有想到溪声会那样执着，日以继夜，夜以继日，像一个喧嚷的小男孩，使我感到一种疲倦。我爱那水，但它使我疲倦——它使我疲倦，但我仍然爱那水——我之所以疲倦，或者是因为无论梦着醒着，我不能一秒钟不恭谨地聆听它，过分的爱情常使人疲累不胜。

水极浅，小溪中多半是乱石小半是草，还有一些树，很奇怪地都有着无比苍老嶙峋的根，以及柔嫩如婴儿的透明绿叶，让人猜不透它们的年龄。大部分的巨石都被树根抓住了，树根如网，巨石如鱼，相持似乎已有千年之久，让人重温渔猎时代敦实的喜悦。

谁在溪中投下千面巨石？谁在石间播下春芜秋草？谁在草中立起大树如碑？谁在树上剪裁三月的翠叶如酒旆？谁在这无数张招展的酒旆间酝酿亿万年陈久而新鲜的芬芳？

溪水清且浅，溪声激以越，世上每日有山被斩首解肢，每日有水被奸污毁容，而眼前的野溪却浑然无知地坚持着今年度的歌声；而明年，明年谁知道，我们且对斟今年的春天。让千穴的清风吹彻玉笙，让千转的白湍拨起泠泠古弦，我们且对斟今年的春天。

花朝手记

隔　花

　　开完会沿着实验大楼走向研究室，医学院的实验大楼一向是一栋奇怪的屋子，里面有各式各样奇怪的事事物物在进行：兔子和鱼的骨骼排在橱子里森森发白，福尔马林里躺着等待剖析的尸体，有人在狗的腿上找针灸穴位，有人则把癌细胞像种树似的往老鼠身上栽种，古老的草药一一被提精熬髓，总之，热闹非凡。

　　实验大楼的前面却是平静美丽的，因为种着几十株比人高的红茶花，让人觉得一排看去，像戏台上一群武生各自捌着红缨枪。今年冬天少寒流，天气晴暖，羊毛衫穿在身上婉转随人，令人与宇宙万物顿成贴心贴意之亲。

红茶花真好，当然白茶花更好，但白茶花的好如清媚的女子，只适合放在天目釉的黑钵子里，钵子放在明窗下，相望之际令人寂然落泪。红茶花却是阳光下、山坡上的慷慨从容的心情，是新写的红春联，是刚剪好的窗花，是太阳的复制品，是不经意地在路上遇见的微笑。

我站在花前看山下，山脚是红尘滚滚的人寰，是名缰利锁的大囚营，是被诅咒且被思念的台北。但因为隔着这排茶花，城市忽然变得清纯可爱了，错觉上红茶花仿佛用一根别针别在城市的胸前，整个城市看来因而有点像别上红花的新郎新娘，我对这城市可以倾出无限的祝福。

不是因为这城市改变了，是因为我隔着那排花看它——啊，我可以跟全世界和好，我愿意拥抱这四十六亿生灵，只要容许我透过花阵来看万物。

又过了一个月，有一天清晨停了车要去上课，猛然间看见一树一树的羊蹄甲都开了花。我平日惯于把车头对着淡水河的方向停车，仿佛我虽去上课，却仍留下一部分的我去闲站张望似的。此刻，隔着重重花瓣望整个淡水河流域，真是既惊又爱，江山如此，竟不知该如何倾心相爱才好。

我且微微生那株羊蹄甲的气，气它有这么好的消息都不预先告诉我一声，仿佛亲生姐妹竟背着你偷偷结了婚一样。但我又立刻原谅它了，它大概来不及吧，一夕之间竟把自己开得像停满紫色蝴蝶的小山谷似的，它是连发帖子的时间都没有了呀！

　　以前看淡水，总觉最好的时刻便在夕阳时分，因为观音山后那轮落日，使整个淡水地区遂像挑起红纱灯看美人，怎是无情也变得有情起来。但今晨没有落日为衬景，却多了羊蹄甲的滤镜，也一样好。像达·芬奇画全蒙娜丽莎的微笑以后，又在女子身后加上一笔山川平原，那山峦和大地也暖然有了笑意。原来整个疆土都可以是一抹浅笑的衬景，所以整条淡水河也可以是一株羊蹄甲的背景。

　　多希望观音山淡水河也有青眼如我，多希望它隔着一株花看我，因而对我也有一番更好、更深层的诠释。

天涯共此时的昙花

　　推开门，打算离开朋友的家，只见天上是繁星如霜，地下是厚厚的干爽橡叶，马里兰州的秋夜，完美得令人怀疑会一触即碎，不免有点不忍举足。就在这略一趑趄迟疑之际，我看清楚玄关处有一株硕大墨绿的昙花。

"从台湾偷带来的。"女主人说。

我们于是就站在那盆昙花前面呆呆地看着，不是花期，整株植物显得道貌岸然，我们就呆看那浓挚的叶子。而昙花的记忆几乎总是和家人连在一起——你可以一个人跑到山上去看樱花，你可以和好友驰车看春来的杜鹃，你可以在全世界的花市里看遍各种价码的花朵。但昙花只开在深夜，在阒静的夜里，赏花的人只能在自家的屋檐下和亲人一起看昙花。昙花让人想起最无心机的夜，最亲最近的人。

"这昙花，说起来也真是古怪，它每次总挑在中午来开花！"

"什么？哪有中午开花的昙花？"我简直有点生气。

"是真的啊！它有'时差'，还没有转过来呢！但是听说拿这叶子去插的就不一样，第二代的昙花就转过来了，也是晚上开花了——"

听她这番话，心里微微一动。由于门开着，玄关处的风铃铮铮作响，这风是来自远方的噫气啊，我轻轻触着那柔软丰厚的叶瓣，惊奇一株移植的仙人掌科植物竟和移民那么相像：安静，无怨，在阳光中本本分分地生长，看起来似乎比本来更有枝繁叶茂、欣欣向荣的样子。只有在它恍惚失察竟致在正午时分冒出一朵花来的时候，你才猛然发现它那平日隐藏得很好的乡愁。

我因它格格不入的花时而黯然了。它不能改变自己已经安身在这个新"空间"里的事实，但它却不知不觉地守着自己的"时间"。在它碧绿的血液里大约有着什么秘密的记忆，让它在马里兰州的中午冒冒失失地开出花来，好隔海和它的旧日故交共度生命中最璀璨的时刻。

不知有花

那时候，是五月，桐花在一夜之间，攻占了所有的山头。历史或者是由一个一个的英雄豪杰叠成的，但岁月——岁月对我而言是花和花的禅让所缔造的。

桐花极白，极矜持，花心却又泄露些许微红。我和我的朋友都认定这花有点诡秘——平日守口如瓶，一旦花开，则所向披靡，灿如一片低飞的云，无一处不被。

车子停在一个小客家山村，走过紫苏茂生的小径，我们站在高大的桐树下。山路上落满白花，每一块石头都因花罩而极尽温柔，仿佛战马一旦披上了绣帔，也可以供女子骑乘。

而阳光那么好，像一种叫"桂花蜜酿"的酒，人走到林子深处，不免叹息气短，对着这惊心动魄的手笔感到无能为力，强大的美有时令人虚脱。

忽然有个妇人行来，赭红的皮肤特别像那一带泥土的色调。

"你们来找人?"

"我们——来看花。"

"花?"妇人匆匆往前赶路，一面丢下一句，"哪有花?"

由于她并不要求答案，我们也噤然不知如何接腔，只是相顾愕然，如此满山满林扑面迎鼻的桐花，她居然问我们"哪有花——"

但风过处花落如雨，似乎也并不反对她的说法。忽然，我懂了，这是她的家，这前山后山的桐树是他们的农作物，是大型的庄稼。而农人对他们作物的花，一向是视而不见的。在他们看来，玫瑰是花，剑兰是花，菊是花，至于稻花桐花，那是不算的。

使我们为之绝倒发痴的花，她竟可以担着水夷然走过千遍，并且说：

"花? 哪里有花?"

我想起少年游狮头山，站在庵前看晚霞落日，只觉如万艳争流竞渡，一片西天华美到几乎受伤的地步，忍不住反身对行过的老尼说：

"快看那落日!"

她安静垂眉道：

"天天都是这样的！"

事隔二十年，这山村女子的口气，同那老尼竟如此相似，我不禁暗暗嫉妒起来。

我自己一向是大惊小怪的。我是禁不得星之灿烂与花之暖香的人。我是来自城市的狂乱执迷之人，我没有办法"处美不惊"。唐人刘禹锡在友人家里见到一位绝色歌姬，对于友人能日日安然无恙地面对美人，不禁大感惊讶。他说"司空见惯浑无事，断尽苏州刺史肠"。翻成白话就是："我的朋友司空大人对美已经有了免疫能力了，而我却注定完蛋，这种美，是会把我置于死地的啊！"

不为花而目醉神迷、惊愕叹息的，才是花的主人吧？对那大声地问我"花？哪有花？"的山村妇人而言，花是树的一部分，树是山林地的一部分，山林地是生活的一部分，而生活是浑然大化的一部分。她与花可以像山与云，相亲相融而不相知。

宋人张在的诗谓："南邻北舍牡丹开，年少寻芳日几回。唯有君家老柏树，春风来似不曾来。"好个"春风来似不曾来"，众芳为春风迷醉成疾的时候，竟有一株翠柏独能挺得住，不落万仞情劫。

年年桐花开的时候，我总想起那妇人，步过花潮花汐而不知有花的妇人，并且暗暗嫉妒。

狭路相逢的桃花

女孩来，叫我跟她去采桃花，她说那是她家的桃花，我就跟她去了。那一年，我七岁。

我们一直走一直走，三月的阳光，在我们走过时，一摊摊皆化成了水。融融暖暖，溅溅有声。

桃花林终于到了，小女孩仰起头来，晴空下，桃枝交柯，纷纷扰扰，桃花菲薄迷离，因为人小，显得桃花高大饱满，蔽日遮天。

那天黄昏回到家里，交给妈妈一整抱的桃花。母亲只是奇怪，为什么脱下毛衣竟抖出一捧花瓣来？

"怪事？你是怎么采花的，怎么采花采到衣服里面去了？"

那桃花林在柳州城，那城后来对我而言竟不再是一个地理位置，而是一种无限依柔的感觉。记忆中满城都是山，山上有树。人和树常在雾里浮着，至于浮桥则搭在水上，柚子花香得无处不在，柚子熟时大大的一个个堆在路边，那么圆，那么大，世上再难找到那么壮硕喜气的果子。

然后，柳州就消失了，消失了四十年。

桃花因而成为我最脆薄、不堪一触的记忆，连母亲当年的唠叨和责骂，我后来想想都觉甜美。因为帮我牢牢记住了桃花瓣柔柔腻腻的擦触的感觉，衣领里能抖出一捧花瓣的记忆，真是豪侈。

中国人如果有一个理想国，它的位置便必然在溪水最清处，桃花最炽处。它的名字必然叫作"桃花源"。

因为回不去，桃花林于我便愈来愈成为一个似真似幻的梦境，我和它之间有些纠缠不清的东西，那是我第一次被植物的美所刺激，也是我第一次眷眷然了解人世中有令人舍不得、放不下的东西。

听说有一位老兵，十岁左右就在故乡定了亲，以后出来当兵、打仗、退伍、结婚、生子。今年回老家去，不知为什么，很想看看从来没见过面的未婚妻，不意遭家人拦住了。他恨道：

"不甘心啊！我只想看看她是个什么样子啊！"

"有什么好看，又老又丑又一堆儿孙。"他的大哥骂道。

而我比那老兵幸运，我所眷眷不能忘情的是桃花，桃花不会老丑，而且不一定要到柳州去寻找。柳州那山城太好，前人说"死在柳州"，原是指柳州有好树堪做好棺木，但对我而言，一度活在柳州也是幸福的，那样好山好水好花好树的地方。但不去柳州也罢，留一点怅惘在远方也很好，但桃花林却非回去一趟不可。我知道我欠桃花一段情缘，我必须再去看一次盛放到极致的桃花，我必须把七岁那年两相照面之下，没有看清楚、讲清楚的情节再重复一次。有许多感谢，有许多思忆，都必须我自己与桃花当面说明。我确知在这个世界上，桃花这种花无论浪迹到天涯海角总是美丽的，但重逢的时候，我能否无愧故友？我是否仍有小女孩的丰颊黑睛，与桃花灼灼相对？

今年春天，听友人说太鲁阁山里桃花开了，便一径投奔而去。峡谷极窄，刚能容人，一路上台湾榉独排众议，不肯跟樟树、桑树以及荚迷同绿，它的颜色介乎胭红与肉红之间，时不时地冒出一两棵来，山路惊险繁奥，每转一个弯，就把自己的风景彻底否定一次。

不可思议的一条路！峡谷中的立雾溪奔窜如白练，新栽的绿叶是翠绫，油菜花则黄如丝绢，好一条华丽的"丝路"。带路的人说桃花分六个台地，一台一台，层层涌动，我想该给它取名叫"六如"，《金刚经》中论世上万物，谓"如梦、如幻、如泡、如影、如露、如电"。这六层桃花美到极致，也只能如此看待。

我们终于停下来。面对四百多株桃花，我独自走开，倚石静坐。奇怪的是一点也不激狂，行过如此长长的四十年，行过窄仄刚可通人的峡谷，我在山坳里与桃花重逢，在别人一片探亲潮中，我的亲人是桃花，我来此与它一叙旧情。

花色极淡，是试探地不想让人发现的胭脂。树干虬结，似乎怕花色太柔太浮，所以刻意用极稳重的青黑托住。一棵树上仿佛那树干是古典主义，花却是浪漫主义。神话中的桃花是夸父的手杖化成的，想来夸父逐日渴死的时候，手杖也正是这枯竭干皱的颜色吧？奇怪的是，在这肃穆庄凝如铁一般的意志上，何竟开出那扑簌簌的如泪如歌的颜色来？那颜色是长虹之照水，是惊鸿之乍掠，那颜色是我贮存心头半生的一点秘密，是天地大化、洁手清心之余，为最钟爱的孩子刻意酿下的一坛酒的酒色。

我安静地与此颜色相对，只觉满心"合当如是"的坦然。失去的岁月此刻好像忽然接上了，我仍是当年桃花林中的小女孩。只是以前必须仰视的，现在可以平视了。我斜靠在大青石上，望着桃花的江海，望着营营的蜂蝶，望着乌头翁和大卷尾扑翅有声的节奏，只觉是什么好心的神仙把天地和岁月的好去摄了来，放在这小小的峡谷中了。天空澄蓝无物，山径寂寥无为，阳光和好风都温柔千种。我有一笔一纸和一卷诗在手，但纸笔沉落，诗则如小鱼，自己倏忽游走消失，我于是垂首睡着了。四野桃花，为我联袂圈出一片净土，并且守我入梦——这正是我要的，找一个幽隐邃密的桃花林子，靠一块浑然天成、仿佛仙枕的大石头，然后借一梦幽幽把前缘旧事一一续上。

　　晋人王献之曾在桃花津渡上送他所爱的女子桃叶，并作《桃叶歌》。其实，桃花季节，每一朵乍开的桃花都等于一处水光潋滟的桃花渡口，把凡人渡向不可知的前路。

　　真的很好，四十年后，隔着海，重新找到桃花渡口，清楚地感觉被天地和岁月爱宠的身份。生命此刻又可以从这里撑篙出发，沿着春天的津渡而上，清溪泻玉，桃花放焰，追日的神话四伏欲出。在一片坠落的花瓣将我惊醒之前，生命还有那么多那么丰富的情节可以一一来入梦。

戈壁行脚

> 大漠，即大沙漠，蒙古语曰额伦，满洲语曰戈壁，
> 广漠无垠，浩瀚如海，古亦称为瀚海。
>
> ——《中文大辞典》

一

"你说，我们是不是疯了？"慕蓉转脸问我，当时车窗外约五百米的地方正跑过一群蒙古黄羊，蹄子下仿佛长了翅膀，飞快，"顶着这七月中旬正午的大太阳，我们居然跑到这南戈壁的碎石滩上来。"

"对，我们是疯了！"我回答她，眼睛仍不离那上百只

的野生黄羊。据说它们有四十万头。

"在蒙古草原旅行看到黄羊，是表示幸运！"有人向我们解释。

"可是，"有人抗议，"刚才一大早看到两只灰鹤的时候，你不是也这么说的吗？请问有没有什么动物看到了是不顺的？"

解说的人一时语塞，不知怎么接话——我很想替他回答：在蒙古国，只要碰见的不是老虎、熊、豹和蛇那些会伤人的动物，就都是幸运的。这块土地比台湾大十倍，人口却只有我们的十分之一，尤其在南戈壁，车行五六小时不见一人并不稀奇。因此，如果碰到驯良的动物，应该都叫幸运。

黄羊屁股下一圈白，很像小鹿。我起先看它们飞奔，以为它们在躲避汽车。后来看它们跑过了汽车还一直跑个不停，才觉得它们是有点起哄好玩的意思，也许它们正在争相传告：

"今天一定幸运，因为碰上了一辆汽车。"

那批黄羊大概也疯了——乐疯了。

二

"一川碎石大如斗。"唐人的诗是这样说的。

以前总以为诗人夸张，此刻站在碎石滩上，才知道，事情其实是可能的。此地的碎石仅仅"大如拳"，也许是经过一千两百年的风霜雨露，它们纷纷解体了吧？

这样的碎石滩渺远孤绝，四顾茫然若失，人往大地上一站，只觉自己也成了满地碎石里的一块凝固、硬挺、在干和热里不断消减成高密度的物质。

沙海终于到了。

我会溺死——若我在亿载之前来。方其时也，这里正是海底，珊瑚正在敷彩，年轻的三叶虫正在轻轻试划自己的肢体。而我会溺死于那片黛蓝，若我来，在亿载之前。

而此刻，在同一坐标，我会干涸而死，若我再枯晒一天。背包里有一瓶水，一包杏脯和几片饼干。只要我在此站上一天，我就会永远站在这里了。

沙上冷不防地会冒出一两具动物尸体，不知怎么死的。是因为生病或负伤？是由于斗殴或饥饿？看来它们都一样了，安静地侧卧着，和黄沙同色——一半已埋在沙下，只等待下一场风暴把它们掩埋得更深更不落形迹。

生活过，奔驰过，四顾茫然过，在偶雨时欢欣若狂过——这就是那具骆驼或那具马尸的一生吧？不，这就是一切有情有识的生物的一生吧？

死亡从四面八方虎视眈眈逼视着这片土地，逼视着我向大化借来的这微贱如蚁的生命——可是，就在这水滴下来都会嗤一声冒起白烟的沙海上，居然还长得出一丛丛卧在地上的小灌木。灌木上还结着小浆果，浆果粒大如黄豆，揉开来是黏稠的汁液，令人迷惑不知所解，仿佛有什么法师用幻术养出了这批植物。

风吹来，在沙海，我在沙纹间重绘亿万年前波浪的线条，在风声中复习亿万年前涛声的节拍。望着自己明日即会消失的脚迹，感到这卑微的生存和大化无常间不成比例的抗衡。

沙海上有一块刺猬的皮，C把它捡起来——那小动物的身体已不知何处去了，却只在一丛小灌木前留下那张芒刺戟张的皮。肉体已经销蚀尽了。那护卫着柔弱肉体的尖锐芒刺却空自糊里糊涂地继续执行任务，如出鞘之剑，森森寒芒，不知要向何方劈刺。

我原以为C捡拾那片刺猬皮是随捡随丢的，却不料他竟拎回去了。我很愕然，呆呆瞪着那密密麻麻的刺，觉得有什么东西穿心而过。

三

我们躺在临时搭成的蒙古包里。那时，已近午夜两点。

包有一个拱顶，圆圆的，像罗马城的万神殿。那教堂的圆顶大喇喇地开着个大洞，伸手就可以擒来云之白与天之蓝，连飞鸟与天风也是招之即来，挥之即去。那万神庙对我而言，远比圣彼得大教堂华美庄严。

而这蒙古包的顶也有一半是开向天空的。

尘沙上有一张薄褥，我就躺在那上面。仰头看天，天上有几粒星，刚好从那半圆形的天窗洒下，因为洞小，容不得满天星斗，但也因为只有那几粒，仿佛分外暗含无穷天机。

如果我能再多清醒一会儿，我就会看到小洞里的星光如何移位，我就能看到时光诡秘的行踪。然而，我睡去了，我无法偷窥一部时光的演义——反而，在暴露的半圆小穴里，我容整张大漠的天空俯视着我的睡容，且让每一颗经过的星星在窥视时轻轻传呼着："看啊，那女子和我们一样，她正一个时辰一个时辰地老去。一如我们，有一天一觉醒来，我们都将烟消云散，恰如那一夜拔营的蒙古包，不留一丝痕迹。"

我睡去，在不知名的大漠上，在不知名的朋友为我们搭成的蒙古包里，在一日疾驰，累得倒地即可睡去的时刻。我睡去，无异于一只羊，一匹马，一头骆驼，一株草。我睡去，没有角色，没有头衔，没有爱憎，只是某种简单的沙漠生物，一时尚未命名。我沉沉睡去。

四

"这是阿尔泰山。"他简单地说。

"阿尔泰山。"我简单地重复。

好像没有什么可说的，对，这就是阿尔泰山天山的北支，是李白的诗啊！"明月出天山，苍茫云海间。"它当然是，它一直就在那里，它一直就是。

我读过它的名字，在小学的教科书里，对我来说，它和"地球是圆的""1＋1＝2"都属于童年时代牢不可破的真理的一部分。此时见它，只觉是地理书页里少掉的一页插图，现在又补上了，一切是如此顺理成章。

而这插图却一直展现在车子的正前方，我要怎么办呢？它美丽、安然而又不动声色。你的眼睛无法移开，因为广大的荒漠中再没有什么其他的视线焦点了。其实它并不抢眼，像古代恐龙一列长长的背脊，而龙正低头吃草，不想惊人，也不想被惊。四野亦因而凝静如太古。

阿尔泰山，我不知该怎么办。

我若能挥鞭纵马，直攀峰头；我若能逐草而居，驱羊到溪涧中去痛饮甘泉；我若能手拨马头琴，讲述悠古的战史；我若能身肩绫罗绸缎去卖给四方好颜色的女子，是的，我若是草原上的战士、牧人、行吟诗人或商贾，则阿尔泰山于我便如沙地的长枕，可以狎昵亲密。但我不是，我是必须离去的过客。

终于我们下了车，去走约珥峡谷。七月的山色如江南荷田，那绿色是上天一时的恩旨，所以格外矜贵。野花漫开，使人不禁羡慕山径上的地鼠，它们把每个小山丘都钻满了洞穴，探头探脑，来看这一夏好景。

山沟的水慢悠悠地流过。

敖包立在路旁，是一堆碎石头垒成的一人高的小丘。

"经过敖包，骑者必须下马，行者必须立足，按顺时针方向绕一圈，然后前行。而且，不要忘了为敖包加一块石头。"

"蒙古人只记得他们是从大兴安岭上下来的，所以到了草原，他们还是想垒个小石堆来思念一下。敖包上方有时会插上许多根树枝，那是象征大兴安岭上的森林。"

原来，一个人在堆敖包的时候，他正肩负着整个民族的记忆！

一只沙雁飞起，羽色如沙，倏忽间消失了。

一路行来，我一直问自己一个问题："这块土地，究竟是属于谁的？"然而，此刻，我忽然明白："不，土地不属于人类，不要问它属于谁，该问'谁属于它'，黄羊属它，灰鹤属它，沙雁属它，天鹰属它，老鼠属它，牧民属它，如果我爱它，我也属它……"

五

人在峡谷里走，左颊是山，右眉是山，两者仿佛立刻都要擦撞过来，不免惊心动魄。脚下又每是野花，走起路来就有点跳的意味，怕踩坏了一路芳华。生命在极旺盛极茂美之际，也每每正是最堪痛惜的时分。

想起昨天在戈壁博物馆里看一只银龙笛，笛子镶银，银子打造成龙的形状，但整个笛身却是由一根腿胫骨削成的。

"这是一根十八岁女子的腿胫骨。"解说员说。

"为什么单单要用十八岁女子的腿胫骨？"我问。

"因为十八岁就死去的女子，腿胫骨的声音最好听。"那解说员回答得斩钉截铁。她是一个大眼睛的女子，她回答的时候并无"据闻""听说"等缓冲词，仿佛那腿胫骨的声音是她亲耳所闻。

我把眼睛贴在博物馆凉凉的玻璃上，看那致密呈象牙色的骨管。十八岁女子的腿骨又如何呢？从科学上说，十八岁女子是不致骨质疏松的，但这一定不是真正的理由，真正的理由是——我走开去，一直在想。

而此刻在七月的阿尔泰山山麓，在野花如毡的约珥峡谷，我仍在想那属于十八岁女子的银龙笛的音色。我想那声音中必然有清扬和呜咽，有委曲和畅直，有对生命的迟疑和试探，也有情不得已的割舍和留恋——是这一切令人想起十八岁的女子，是某个年代草原上某些牧人对某个女子骤然逝去深感不舍吧？他们于是着手把她装饰成一截永恒的回音。

峡谷如甬道，算不算一管箫笛呢？流泉淙淙，算不算"阳春白雪"之音呢？我行其间，算不算知音之人呢？

峡谷深处竟是幽幽玄冰，千年相积而不化，想此冰当年曾见铁木真的铁骑，铁木真却不能重睹今夕这莹蓝晶闪的冰雪之眸了。六十五岁，大汗天子在围猎野马时从坐骑上摔下，从此他自这漠漠草原上消失。而积冰却千年万年，在山谷的曲径深处放其幽幽的蓝光。

牦牛在吃草，地鼠作其鼠窜，溪在流，阿尔泰山（原文系"有金之山"）仍然炫耀着夕阳的赤金，"杭盖"（原文指有山有水之处）仍然很杭盖。这一切，好得不能再好。七点了，天仍蓝，云仍白，不安的沙雁仍飞来飞去想找一个更安全的草丛，草原上的夏天有用不完的精力，即使到九点钟，亦仍有堂堂皇皇的天光。

六

第一天，黄昏微雨，戈壁上出现了长虹——那样绝对的平面加上绝对的圆弧，几何上最简单却又最摄人的美。而我没有带照相机，于是稍稍有些后悔。第二天，没有雨，因此有艳丽的夕阳，于是，我又有些后悔。

但是我还是坚持不带相机，对环保而言，照相多少是一项污染。如果真有艺术杰作，或者可以稍稍弥过。但我又是个极端蹩脚的摄影人，不如去借别人的来加洗。何况我一向啰唆，旅行起来，连咖啡都带着，能勒令自己少受相机的打扰也总是好事。

由于没有照相机，我也许只能记得很少，我也许会忘记很多。但我已明白，如果我会忘记，那么，就让能记住的被记住，该遗忘的被遗忘。人生在世，也只能如此了。

夕阳仍浮在山上，我们傻傻地坐在草地上，连一向拍照最忙碌的H也安详地抱膝而坐。

"快拍呀！"有人催他。

"不，不要拍夕阳，"他神秘一笑，"我干过太多次这种事了。每次看到夕阳漂亮就拍，拍出来，却不怎么样。下一次，又看到，又拍，洗出来，还是不怎么样……现在，不拍了！"

他一副"上当多了"的表情，我忽然不后悔了，了解真正碰到大美景的时候，有相机在手跟没相机在手一样无助。

"总不能什么好东西都被你拍光了！"我的语气仿佛有点幸灾乐祸似的，"上帝总还要留一两招是你没办法的！"

七

我对歌者布鲁博·道尔济说：

"给我们唱一首歌吧！"那时候我们的车子正驰向归途，夕阳尚衔在山间，"给我们唱一首跟马有关的歌，好吗？"

"啊！蒙古的歌有一半都跟马有关呢！"

我从没想到，原来只打算提醒他一下，好让他比较容易选一首歌，不料竟有一半的歌都和马有关。

道尔济是文化协会派来与我们同行的，他办起事来阴错阳差，天昏地暗，可是他只要一开腔唱歌，我们就立刻原谅了他。他使我们了解什么是"大漠之音"。和西南民族比较，西南民族是"山之音"，其声仄逼直行，细致凄婉。"草原之音"却亮烈宏阔，欢怀处如万马齐鸣，哀婉时则是白杨悲风。

"你们是两条腿走来的，"歌手说，"所以也要学会两首蒙古歌带回去。"

奇怪的逻辑，但我们都努力地跟他学会了一首情歌。

车在草原上疾驰，也算是一种马吧。布鲁博·道尔济真的唱了一首骏马的歌，新月如眉，俯视着大草原。

我把整个头都伸向车外，仰看各就各位的星光，有人警告说："不可将头手伸出车外。"

怕什么呢？整个南戈壁千里万里的碎石滩上，就只我们一辆车。没有电线杆，没有路，没有人，这伸出来的头唯一会撞上的东西只是夹着草香的清风罢了。

八

他们在溪畔生了火。我们到达的时候只见他们不断地找些拳头大的溪石来烤。烤到石头开始发红，他们就在一个密封的锅子里丢了一层羊肉块加一层石头。再一层羊肉，再一层石头。然后锅子密封，放在余火上，大家微微摇动那锅，好让锅里的石头不断去烫肉，大约半小时吧，肉就熟了。

开了锅，先把石头夹出，石头先遭火烤，又被羊肉汤浸，弄得乌黑油亮的，每人发一块，放在手心里，因为烫，只好在左右手之间抛来丢去，据说这是活血的，于身体大有好处。戏罢石头才开始吃肉。肉锅旁还有一桶溪水煮的粗茶，倒也消渴。大伙儿就大碗茶大块肉地吃起来。

前两天，宴客的桌子上有一瓶法国白葡萄酒，当时大家都被极烈性的伏特加镇住了，C眼尖，叫我把这瓶葡萄酒留着。此刻拿来泡在溪水里，不一会儿就冷沁入脾了。当时靠着山壁还铺着一张大被子，大约是六英尺乘十五英尺吧！其实不是被，是蒙古包外围的围毡。大家或坐或倒，喝一口半口葡萄酒，吃刚刚宰杀刚刚烤熟的蒙古种土羊（蒙古人亦认为"洋种羊"较腥膻），这种大尾羊极其纯正鲜美。溪水在峡谷间流，云则在峡谷上飘，世上也竟有这种好日子。

"这是成吉思汗餐，"当地人解释，"成吉思汗出征前都是这样吃的。"

其实这种用热石头来烫熟的煮法跟台湾乡间"烤番薯"的道理相近，出征前这样吃倒是对的，行军伙食总以简便实惠为上。

此刻我们并不要出征，却也享尽美福，不禁愧然——然而生命中的好事都是在惶愧中承受的吧？我没有开天辟地，我没有凿一条溪或种一朵野花，我不曾喂一头羊酿一瓶酒，却能一一拥有，人在大化前，在人世的种种情分前，也只有死皮赖脸去承恩罢了。

啊！不知道生命本身算不算一场光荣的出征？不知道和岁月且杀且走、边缠边打算不算一种悲激的巷战？与时间角力，和永恒徒手肉搏，算来都注定要伤痕累累的。如果这样看，则大英雄出征前这一锅犒军的"贺尔贺德"（指带汁烤肉），我或者也有资格猛喝一口白酒而大嚼一番吧？

地毯的那一端

德：

从疾风中走回来，觉得自己是被浮起来了。山上的草香得那样浓，让我想到，要不是有这样猛烈的风，恐怕空气都会给香得凝冻起来！

我昂首而行，黑暗中没有人能看见我的笑容。白色的芦荻在夜色中点染着凉意——这是深秋了，我们的日子在不知不觉中临近了。我遂觉得，我的心像一张新帆，其中每一个角落都被大风吹得那样饱满。

星斗清而亮，每一颗都低低地俯下头来。溪水流着，把灯影和星光都流乱了。我忽然感到一种幸福，那样混沌而又陶然的幸福。我从来没有这样亲切地感受到造物的宠爱——真的，我们这样平庸，我总觉得幸福应该给予比我们更好的人。

但这是真实的，第一张贺卡已经放在我的案子上。洒满了细碎精致的透明照片，灯光下展示着一个闪烁而又真实的梦境。画上的金钟摇荡，遥遥地传来美丽的回响。我仿佛能听见那悠扬的音韵，我仿佛能嗅到那沁人的玫瑰香！而尤其让我神往的，是那几行可爱的祝词："愿婚礼的记忆存至永远，愿你们的爱情与日俱增。"

是的，德，永远在增进，永远在更新，永远没有一个边和底——六年了，我们护守着这份情谊，使它依然焕发，依然鲜洁，正如别人所说的，我们是何等幸运。每次回顾我们的交往，我就仿佛走进博物馆的长廊。其间每一处景物都意味着一段美丽的回忆。每一件东西都牵扯着一个动人的故事。

那样久远的事了。刚认识你的那年才十七岁，一个多么容易错误的年纪！但是，我知道，我没有错。我生命中再没有一个决定比这项更正确了。前天，大伙儿一起吃饭，你笑着说："我这个笨人，我这辈子只做了一件聪明的事。"你没有再说下去，妹妹却拍起手，说："我知道了！"啊，德，我能够快乐地说："我也知道。"因为你做的那件聪明事，我也做了。

那时候，大学生活刚刚展开在我面前。台北的寒风让我每日思念南部的家。在那小小的阁楼里，我呵着手写蜡纸。在草木摇落的道路上，我独自骑车去上学。生活是那样黯淡，心情是那样沉重。在我的日记上有这样一句话："我担心，我会冻死在这小楼上。"而这时候，你来了。你那种毫无企冀的友谊四面环护着我，让我的心触及最温柔的阳光。

我没有兄长，从小我也没有和男孩子同学过。但和你交往却是那样自然，和你谈话又是那样舒服。有时候，我想，如果我是男孩子多么好啊！我们可以一起去爬山，去泛舟。让小船在湖里任意漂荡，任意停泊，没有人会感到惊奇。好几年以后，我将这些想法告诉你，你微笑地注视着我："那，我可不愿意，如果你真想做男孩子，我就做女孩。"而今，德，我没有变成男孩子，但我们去遨游，去做山和湖的梦。因为，我们将有更亲密的关系了。啊，想象中终身相爱相随该是多么美好！

那时候，我们穿着学校规定的卡其服，我新烫的头发又总是被风吹得乱蓬蓬的。想起来，我总不明白你为什么那样喜欢接近我。那年大考的时候，我蜷曲在沙发里念书。你跑来，热心地为我讲解英文文法。好心的房东为我们送来一盘春卷，我慌乱极了，竟吃得撒了一裙子。你睬着我说："你真像我妹妹，她和你一样大。"我窘得不知如何是好，只是一径低着头，假装抖那长长的裙幅。

那些日子真是冷极了。每逢没有课的下午我总是留在小楼上，弹弹风琴，把一本拜尔琴谱都快翻烂了。有一天你对我说："我常在楼下听你弹琴。你好像常弹那首《甜蜜的家庭》。怎么？在想家吗？"我很感激你的窃听，唯有你了解、关切我凄楚的心情。德，那个时候，当你独自听着的时候，你想些什么呢？你想到有一天我们会组建一个家庭吗？你想到我们要用一生的时间以心灵的手指合奏这首歌吗？

寒假过后，你把那叠泰戈尔诗集还给我。你指着其中一行请我看："如果你不能爱我，就请原谅我的痛苦吧！"我于是知道发生什么事了。我不希望这件事发生，我真的不希望。并非由于我厌恶你，而是因为我太珍重这份素净的友谊，反倒不希望有爱情去加深它的色彩。

但我却乐于和你继续交往。你总是给我一种安全稳定的感觉。从头起，我就付给你我全部的信任。只是，当时我心中总向往着那种传奇式的、惊心动魄的恋爱，并且喜欢那么一点点的悲剧气氛。为着这些可笑的理由，我耽延着没有接受你的奉献。我奇怪你为什么仍作那样固执的等待。

你那些小小的关怀常令我感动。那年圣诞节你把得来不易的几颗巧克力糖，全部拿来给我了。我爱吃笋豆里的笋干，唯有你注意到，并且耐心地为我挑出来。我常常不晓得照料自己，唯有你想到把自己的外衣披在我身上。（我至今不能忘记那衣服的温暖，它在我心中象征了许多意义。）是你，敦促我读书。是你，容忍我偶发的气性。是你，仔细纠正我写作的错误。是你，教导我为人的道理。如果说，我像你的妹妹，那是因为你太像我大哥的缘故。

后来，我们一起得到学校的工读金。分配给我们的是打扫教室的工作。每次你总强迫我放下扫帚，我便只好遥遥地站在教室的末端，看你奋力工作。在炎热的夏季里，你的汗水滴落在地上。我无言地站着，等你扫好了，我就去掸掸桌椅，并且帮你把它们排齐。每次，当我们目光偶然相遇的时候，总感到那样兴奋。我们是这样的彼此了解，我们合作的时候总是那样完美。我注意到你手上的硬茧，它们把那虚幻的字眼十分具体地说明了。我们就在那飞扬的尘影中完成了大学课程——我们的经济从来没有富裕过，我们的日子却从来没有贫乏过。我们活在梦里，活在诗里，活在无穷无尽的彩色希望里。记得有一次，我提到玛格丽特公主在她婚礼中说的一句话："世界上从来没有两个人像我们这样快乐过。"你毫不在意地说："那是因为他们不认识我们的缘故。"我喜欢你的自豪，因为我也如此自豪着。

我们终于毕业了，你在掌声中走到台上，代表全系领取毕业证书。我的掌声也夹在众人之中，但我知道你听到了。在那美好的六月清晨，我的眼中噙着欣喜的泪。我感到那样骄傲，我第一次分沾你的成功、你的光荣。

"我在台上偷眼看你，"你把系着彩带的文凭交给我，"要不是中国风俗如此，我一走下台来就要把它送到你面前去的。"

我接过它，心里垂着沉甸甸的喜悦。你站在我面前，高昂而谦和，刚毅而温柔。我忽然发现，我关心你的成功，远远超过我自己的。

那一年，你在军中。在那样忙碌的生活中，在那样辛苦的演习里，你却那样努力地准备研究所的考试。我知道，你是为谁而做的。在凄长的分别岁月里，我开始了解，存在于我们中间的是怎样一种感情。你来看我，把南部的冬阳全带来了。那厚呢的陆战队军服重新唤起我童年时期对于号角和战马的梦。我一直没有告诉你，当时你临别敬礼的镜头烙在我心上有多深。

我帮着你搜集资料，把抄来的范文一篇篇断句、注释。我那样竭力地做，怀着无上的骄傲。这件事对我而言有太大的意义。这是第一次，我和你共赴一件事。所以当你把录取通知转寄给我的时候，我竟忍不住哭了。德，没有人经历过我们的奋斗，没有人像我们这样相期相勉，没有人多年来在冬夜图书馆的寒灯下彼此伴读，因此，也就没有人了解成功带给我们的兴奋。

我们又可以见面了，能见到真真实实的你是多么幸福。我们又可以去做长长的散步，又可以蹲在旧书摊上享受一个闲散黄昏。我永不能忘记那次去泛舟。回程的时候，忽然起了大风。小船在湖里直打转，你奋力摇橹，累得一身都汗湿了。

"我们的道路也许就是这样吧！"我望着平静而险恶的湖面说，"也许我使你的负担更重了。"

"我不在意，我高兴去搏斗！"你说得那样急切，使我不敢正视你的目光，"只要你肯在我的船上，晓风，你是我最甜蜜的负荷。"

那天我们的船顺利地拢了岸。德，我忘了告诉你，我愿意留在你的船上，我乐于把舵手的位置给你。没有人能给我像你给我的安全感。

只是，人海茫茫，哪里是我们共济的小舟呢？这两年来，为着成家的计划，我们劳累到几乎虐待自己的地步。每次，你快乐的笑容总鼓励着我。

那天晚上你送我回宿舍，当我们迈上那斜斜的山坡，你忽然驻足说："我在地毯的那一端等你！我等着你，晓风，直到你对我完全满意。"

我抬起头来，长长的道路伸延着，如同圣坛前柔软的红毯。我迟疑了一下，便踏向前去。

现在回想起来，已不记得当时是否是个月夜了，只觉得你诚挚的言辞闪烁着，在我心中亮起一天星月的清辉。

"就快了！"那以后你常乐观地对我说，"我们马上就可以有一个小小的家。你是那屋子的主人，你喜欢吗？"

我喜欢的，德，我喜欢一间小小的陋屋。到天黑时分我便去拉上长长的落地窗帘，捻亮柔和的灯光，一同享受简单的晚餐。但是，哪里是我们的家呢？哪儿是我们自己的宅院呢？

你借来一辆半旧的脚踏车，四处去打听出租的房子，每次你疲惫不堪地回来，我就感到一种痛楚。

"没有合意的，"你失望地说，"而且太贵，明天我再去看。"

我没有想到有那么多困难，我从不知道成家有那么多琐碎的事，但至终我们总算找到一栋小小的屋子了。有着窄窄的前庭，以及矮矮的榕树。朋友笑它小得像个巢，但我已经十分满意了。无论如何，我们有了可以憩息的地方。当你把钥匙交给我的时候，那重量使我的手臂几乎为之下沉。它让我想起一首可爱的英文诗："我是一个持家者吗？哦，是的。但不止，我还得持护着一颗心。"我知道，你交给我的钥匙也不止此数。你心灵中的每一个空间我都持有一枚钥匙，我都有权径行出入。

亚寄来一卷录音带，隔着半个地球，他的祝福依然厚厚地绕着我。那么多好心的朋友来帮我们整理。擦窗子的，补纸门的，扫地的，挂画儿的，插花瓶的，拥拥熙熙地挤满了一屋子。我老觉得我们的小屋快要炸了，快要被澎湃的爱情和友谊撑破了。你觉得吗？他们全都兴奋着，我怎能不兴奋呢？我们将有一个出色的婚礼，一定的。

这些日子我总是累着。去试礼服，去订鲜花，去买首饰，去选窗帘的颜色。我的心像一座喷泉，在阳光下涌溢着七彩的水珠儿。各种奇特复杂的情绪使我昏眩。有时候我也分不清自己是快乐还是茫然，是在忧愁还是在兴奋。我眷恋着旧日的生活，它们是那样可爱。我将不再住在宿舍里，享受阳台上的落日。我将不再偎在母亲的身旁，听她长夜话家常。而前面的日子又是怎样呢？德，我忽然觉得自己好像要被送到另一个境域里去了。那里的道路是我未走过的，那里的生活是我过不惯的，我怎能不惴惴然呢？如果说有什么可以安慰我的，那就是：我知道你必定和我一同前去。

冬天就来了，我们的婚礼在即。我喜欢选择这季节，好和你厮守一个长长的严冬。我们屋角里不是放着一个小火炉吗？当寒流来时，我愿其中常闪耀着炭火的红光。我喜欢我们的日子从黯淡凛冽的季节开始，这样，明年的春花才对我们具有更美的意义。

我即将走入礼堂，德，当结婚进行曲奏响的时候，父亲将挽着我，送我走到坛前，我的步履将凌过如梦如幻的花香。那时，你将以怎样的微笑迎接我呢？

我们已有过长长的等待，现在只剩下最后的一段了。等待是美的，正如奋斗是美的一样。而今，铺满花瓣的红毯伸向两端，美丽的希冀盘旋而飞舞。我将去即你，和你同去采撷无穷的幸福。当金钟轻摇，蜡炬燃起，我乐于走过众人去立下永恒的誓愿。因为，哦，德，因为我知道是谁，在地毯的那一端等我。

念你们的名字

孩子们，这是八月初的一个早晨，美国南部的阳光舒迟而透明，流溢着一种让久经忧患的人鼻酸的、古老而宁静的幸福。助教把期待已久的发榜名单寄来给我，一百二十个动人的名字，我逐一地念着，忍不住覆手在你们的名字上，为你们祈祷。

在你们未来漫长的七年医学教育中，我只教授你们八个学分的国文，但是，我渴望能教你们如何做一个人——以及如何做一个中国人。

我愿意再说一次，我爱你们的名字，名字是天下父母满怀热望的刻痕，在万千中国文字中，他们所找到的是一两个最美丽、最淳厚的字眼——世间每一个名字都是一篇简短质朴的祈祷!

"林逸文""唐高骏""周建圣""陈震寰",你们的父母多么期望你们是一个出类拔萃的孩子。"黄自强""林进德""蔡笃义",多少伟大的企盼在你们身上。"张鸿仁""黄仁辉""高泽仁""陈宗仁""叶宏仁""洪仁政",说明了儒家传统对仁德的向往。"邵国宁""王为邦""李建忠""陈泽浩""江建中",显然你们的父母曾把你们奉献给苦难的中国。"陈怡苍""蔡宗哲""王世尧""吴景农""陆恺",含蕴着一个古老圆融的理想。我常惊讶,为什么世人不能虔诚地细味另一个人的名字?为什么我们不懂得恭敬地省察自己的名字?每一个名字,无论雅俗,都自有它的哲学和爱心。如果我们能用细腻的领悟力去叫别人的名字,我们便能学会更多的互敬互爱,这世界也可以因此而更美好。

这些日子以来,也许你们的名字已成为乡梓邻里间一个幸运的符号,许多名望和财富的预期已模模糊糊和你们的名字联在一起,许多人用钦慕的眼光望着你们,一方无形的匾已悬在你们的眉际。有一天,医生会成为你们的第二个名字,但是,孩子们,什么是医生呢?一件比常人更白的衣服?一笔比平民更饱涨的月入?一个响亮荣耀的名字?孩子们,在你们不必讳言的快乐里,抬眼望望你们未来的路吧!

什么是医生呢？孩子们，当一个生命在温湿柔韧的子宫中悄然成形时，你，是第一个宣布这神圣事实的人。当那蛮横的小东西在尝试转动时，你是第一个窥得他在另一个世界的心跳的人。当他陡然冲入这世界，是你的双掌接住那华丽的初啼。是你，用许多防疫针把成为正常的权利给了婴孩。是你，辛苦地拉动一个初生儿的船纤，让他开始自己的初航。当小孩半夜发烧的时候，你是那些母亲理直气壮打电话的对象。一个外科医生常像周公旦一样，是一个简单的午餐中三次放下食物走入急救室的人。有时候，也许你只需为病人擦一点红汞水，开几颗阿司匹林，但也有时候，你必须为病人切开肌肤，拉开肋骨，拨开肺叶，将手术刀伸入一颗深藏在胸腔中的鲜红心脏。你甚至有的时候必须忍受眼看血癌吞噬一个稚嫩无辜的孩童而束手无策的裂心之痛！一个出名的学者来见你的时候，可能只是一个脾气暴烈的牙痛病人；一个成功的企业家来见你的时候，可能只是一个气结的哮喘病人；一个伟大的政治家来见你的时候，也许什么都不是，他只剩下一口气，拖着一个中风后的瘫痪的身体；挂号室里美丽的女明星，或者只是一个长期失眠、神经衰弱、有自杀倾向的患者——你陪同病人经过生命中最黯淡的时刻，你倾听垂死者最后的一声呼吸，探查他最后的一次心跳。你开列出生证明书，你在死亡证明书上签字，你的脸写在婴儿初闪的瞳人中，也写在垂死者最后的凝望里。你陪同人类走过生、老、病、死，你扮演的是一个怎样的角色啊！一个真正的医生怎能不是一个圣者？

事实上，作为一个医者的过程正是一个苦行僧的过程，你需要学多少东西才能免于自己的无知，你要保持怎样的荣誉心才能免于自己的无行，你要几度犹豫才能狠下心拿起解剖刀切开第一具尸体，你要怎样自省才能在千万个病人之后免于职业性的冷静和无情。在成为一个医治者之前，第一个需要被医治的，应该是我们自己。在一切的给予之前，让我们先成为一个"拥有"的人。

孩子们，我愿意把那则古老的"神农氏尝百草"的神话再说一遍，《淮南子》上说："古者，民茹草饮水，采树木之实，食蠃蚘之肉，时多疾病毒伤之害，于是神农乃始教民播种五谷，相土地宜，燥湿肥硗高下，尝百草之滋味，水泉之甘苦，令民知所辟就。当此之时，一日而遇七十毒。"

神话是无稽的，但令人动容的是一个行医者的投入精神，以及那种人饥己饥、人溺己溺、人病己病的同情。身为一个现代的医生当然不必一天中毒七十余次，但贴近别人的痛苦，体谅别人的忧伤，以一个单纯的"人"的身份，恻然地探看另一个身罹疾病的"人"，仍是可贵的。

记得那个"悬壶济世"的故事吗？"市中有老翁卖药，悬一壶于肆头，及市罢，辄跳入壶中，市人莫之见"——那老人的药事实上应该解释成他自己。孩子们，这世界上不缺乏专家，不缺乏权威，缺乏的是一个"人"，一个肯把自己给出去的人。当你们帮助别人时，请记得医药是有时而穷的，唯有不竭的爱能照亮一个受苦的灵魂。古老的医术中不可缺的是"探脉"，我深信那样简单的动作里蕴藏着一些神秘的象征意义，你们能否想象用一个医生敏感的指尖去探触另一个人脉搏的神圣画面。

因此，孩子们，让我们怵然自惕，让我们清醒地推开别人加给我们的金冠，而选择长程的劳瘁。诚如耶稣基督所说："非以役人，乃役于人。"真正伟人的双手并不浸在甜美的花汁中，它们常忙于处理一片恶臭的脓血。真正伟人的双目并不凝望最翠拔的高峰，它们常低俯下来察看一个卑微的贫民的病容。孩子们，让别人去享受"人上人"的荣耀，我只祈求你们善尽"人中人"的天职。

我曾认识一个年轻人，多年后我在纽约遇见他，他开过计程车，做过跑堂，用过各式各样的生存手段——他仍在认真地念社会学，而且还在办杂志。一别数年，恍如隔世，但最安慰的是当我们一起走过曼哈顿的市声，他无愧地说："我还抱持着我当年那一点对人的开怀，对人的好奇，对人的执着。"其实，不管我们研究什么，可贵的仍是那一点点对人的诚意。我们可以用赞叹的手臂拥抱一千条银河，但当那灿烂的光流贴近我们的前胸，其中最动人的音乐仍是一分钟七十二响的雄浑坚实如祭鼓的人类的心跳！孩子们，尽管人类制造了许多邪恶，人体还是天真的、可尊敬的、奥秘的神迹。生命是壮丽的、强悍的，一个医生不是生命的创造者——他只是协助生命神迹保持其本然秩序的人。孩子们，请记住，你们每一天所遇见的不仅是人的"病"，也是病的"人"，是人的眼泪、人的微笑、人的故事，孩子们，这是怎样的权利！

长窗外是软碧的草茵，孩子们，你们的名字浮在我心中，我浮在四壁书香里，书浮在暗红色的古老图书馆里，图书馆浮在无际的紫色花浪间，这是一个美丽的校园。客中的岁月看尽异国的异景，我所缅怀的仍是台北三月的杜鹃。孩子们，我们不曾有一个古老幽美的校园，我们的校园等待你们的足迹使之成为美丽。

孩子们，求全能者以广大的天心包覆你们，让你们懂得用爱心去托住别人。求造物主给你们内在的丰富，让你们懂得如何去分给别人。某些医生永远只能收到医疗费，我愿你们收到的更多——我愿你们收到别人的感念。

念你们的名字，在乡心隐动的清晨。我知道有一天将有别人念你们的名字，在一片黄沙飞扬的乡村小路上，或是曲折迂回的荒山野岭间，将有人以祈祷的嘴唇，默念你们的名字。

我

在

『树在。山在。大地在。岁月在。我在。

你还要怎样更好的世界？』

衣履篇

人生于世，相知有几，而衣履相亲，亦薄凉世界中之一聚散也——

睡　袍

我认识一个杰出的女人，在纽约，她是她那行里顶尖拔萃的人物。

但有一个夜晚，她的小女儿拦腰抱住她说：

"妈妈，我最喜欢你穿这件衣服。"

她当时身上穿的是一件简单的睡袍。

当她穿着白色的工作服，她是一个极有效率的科学家；

当她穿上晚礼服，她是宴会里受人尊敬的上宾。但此刻，她什么也不是，只是一个平凡的女人，安详地穿着一件旧睡袍，把自己圈在落地灯小小的光圈里，不去做智慧的驰骋，不去演讲给谁听，不去听别人演讲，没有头衔，没有掌声，没有崇拜，只把自己裹在柔软的睡袍里。

可是她的孩子却说：

"妈妈，我最喜欢你穿这件衣服。"

因为，只要穿上那件衣服，她便不会出门了。她们可以共享一个夜晚。

我听了那个故事觉得又心酸又美丽，每次，晚饭后，我换上那件旧睡袍的时候，我总想起那故事，我好像穿上一袭故事。

不管明晨有多长远的路要走，不管明天别人尊我们为英雄为诗人，今夜且让我们夫妻儿女共守一盏灯，做个凡人。

我们疲倦了，我们即将安息，让一家人一起换上睡袍。或看一本书，或读一份报，或摸摸索索地找东西吃，或坐在那里胡乱画一张画，在一个屋顶之下，整个晚上，我感到我们一直在无声地互说：

"晚安、晚安。"

或者有一天，当我太疲倦，我需要一次极长极长的长眠，那时，亲爱的，请给我最后一件睡袍，柔软的，敝旧的，直垂到脚踝的，我将恬然睡去，像我们同在一起的那些美好的时光一样。

油纸伞

我有时会忘记，竟会将那把伞看成一件衣服。

那天我在泰国街头逛庙，忽然，下了雨，我顺手买了一把油纸伞。

那些庙宇，都有一个尖斜的金黄色的顶，而我，撑着伞，走在众庙宇之间，我的伞也给了我一个尖斜的土黄色的顶，我俨然也是一座辉煌的会行走的殿堂。

经典上说："我是上帝的殿堂。"

天神如果有居所，那居所必是人心，而不是泥瓦土砖雕梁画栋间的所谓圣殿。

衣服蔽我，伞蔽我衣，在异国的雨季里，伞给我一片干燥。我没有办法不承认它也是一件衣服。

回台后，我把它吊在前廊，或晴或雨，我不时把它撑开来，看看，再收起。我仍然呆里呆气地在想，它实在并不是一件衣服，但我实在又觉得它是，如果它是一项斗笠，也许比较说得过去。但斗笠其实是戴在额上的伞，而伞，其实是撑在手里的斗笠。别的伞也许不算衣服，但这一把，我们曾如此相依走过一段陌生的旅途的，总应该是吧。

这样想着，我又满心贴切地把它归入我的衣服类里去了。

花鸟门额

萧给我做了一件礼服，大红，当胸一幅花鸟绣。

我爱极了那件衣服，差不多到了不敢穿的程度。那花鸟是他祖母的老古董，当年是挂在新娘门额上的，有一种快要溢出来的凡俗的喜气。

那是我们带团出去表演的前夕他巴巴地赶着送来的，那幅绣花他剪作两块，一块给他的新婚妻子，一块给我。

"你这次出去，说不定会遇上应酬场合，外国人的礼服式样太多了，"他说，"一个比一个漂亮，但是，只要你有一块绣花，你就赢了。"

那夜，我哪有心情看礼服，我忙着站在锅炉前熬到凌晨五点，把表演用的衣服一一染好，他抱了回家去烘干，我抢时间睡了两个小时，七点钟他回来把烘好的衣服包成一大包塞给我，我跳上车直奔桃园机场，一路抱着那刚烘好的热衣服上飞机——并且就那样一路抱着，绕了一整个地球。

我每在衣橱里摸摸那件礼服，一件件事情便来到眼前，我这半生到处碰见的友谊和真情有多么多啊，萧所给我的，岂止是一件礼服呢？

贴近我的心胸，当我呼吸时，让我感觉你古典花鸟的细腻和繁富，让我听见你柔和的鸣声，看见你安详地低飞，每件衣服都牵扯起许多联想、许多回忆，我会忽然感到自己尊贵美好，像过新年时的孩子——只因我穿着一件尊贵美好的衣服。

羊毛围巾

所有的巾都是温柔的，像汗巾、丝巾和羊毛围巾。

巾不用剪裁，巾没有形象，巾甚至没有尺码，巾是一种温柔得不会坚持自我形象的东西。它被捏在手里，包在头上，或绕在脖子上，巾是如此轻柔温暖，令人心疼。巾也总是美丽的，那种母性的美丽，或抽纱或绣花，或泥金或描金，或是织锦，或是钩纱，巾总是一径那么细腻娴雅。

而这个世界是越来越容不下温柔和美丽了，罗勃特·泰勒死了，斯图尔特·格兰杰老了，费雯丽消失了，取代的是查理士·布朗，是007，是冷硬的珍·芳达和费·唐娜薇，是科幻片里的女超人。

唯有围巾仍旧维持着一份古典的温柔，一份美。

我有一条浅褐色的马海羊毛围巾，是新春去了壳的大麦仁的颜色，错觉上几乎嗅得到麸皮的干香。

即使在不怎么冷的日子，我也喜欢围上它，它是一条不起眼的围巾，但它的抚触轻暖，有如南风中的琴弦，把世界遗留在恻恻轻寒中，我的项间自有一圈暖意。

忽有一天，在惯行的山径上走，满山的芒草柔软地舒开，怎样的年年芒芒啊！这才发现芒草和我的羊毛围巾有着相同的色调和触觉。秋山寂清，秋容空寥，秋天也正自搭着一条围巾吧，从山巅绕到低谷，从低谷拖到水湄，一条古旧温婉的围巾啊！

以你的两臂合抱我，我的围巾，在更冷的日子你将护住我的两耳煨着我的发，你照着我的形象而委屈地折叠你自己，从左侧环护我，从右侧萦绕我，你是柔韧而忠心的护城河，你在我的坚强梗硬里纵容我，让我也有些小小的柔弱，小小的无依，甚至小小的撒娇作痴。你在我意气风发飘然上举几乎要破躯而去的时候，静静地伸手挽住我，使我忽然意味到人世的温情，你使我猝然间软化下来，死心塌地留在人间。如山，留在茫茫扑扑的秋芒里。

巾真的是温柔的，人间所有的巾，如我的那一条。

穿风衣的日子

香港人好像把那种衣服叫成"干湿褛"，那实在也是一个好名字，但我更喜欢我们在台湾的叫法——风衣。

每次穿上风衣，我会莫名其妙地异样起来，不知为什么，尤其刚扣好腰带的时候，我在错觉上总怀疑自己就要出发去流浪。

穿上风衣，只觉风雨在前路飘摇，小巷外有万里未知的长路在等着，我有着"一蓑烟雨任平生"的莽莽情怀。

穿风衣的日子是该起风的，不管是初来乍到还不惯于温柔的春风，或是绿色退潮后寒意陡起的秋风。风在云端叫你，风透过千柯万叶以苍凉的颤音叫你，穿风衣的日子总无端地令人凄凉——但也因而无端地令人雄壮。

穿了风衣，好像就该有个故事要起头了。

必然有风在江南，吹绿了两岸，拉开两岸的杨柳帷幕……

必然有风在塞北，拨开野草，让你惊见大漠的牛羊……

必然有风像旧戏中的流云彩带，圆转柔和地圈住那死也忘不了的一千一百万平方公里的海棠残叶。

必然有风像歌，像笛，一夜之间遍洛城。

曾翻阅汉高祖的白云的，曾翻阅唐玄宗的牡丹的，曾翻阅陆放翁的大散关的，那风，今天也翻阅你满额的青发，而你着一袭风衣，走在千古的风里。

风是不是天地的长喟？风是不是大块在血气涌腾之际搅起的不安？

风鼓起风衣的大翻领，风吹起风衣的下摆，刷刷地打我的腿。我矍然四顾，人生是这样辽阔，我觉得有无限邈远的天涯在等我。

母亲的羽衣

　　讲完了"牛郎织女"的故事，细看儿子已经垂睫睡去，女儿却犹自瞪着坏坏的眼睛。

　　忽然，她一把抱紧我的脖子，把我坠得发疼：

　　"妈妈，你说，你是不是仙女变的？"

　　我一时愣住，只胡乱应道：

　　"你说呢？"

　　"你说，你说，你一定要说。"她固执地扳住我不放，"你到底是不是仙女变的？"

　　我是不是仙女变的？——哪一个母亲不是仙女变的？

　　像故事中的小织女，每一个女孩都曾住在星河之畔，她们织虹纺霓，藏云捉月，她们几曾烦心挂虑？她们是天神最偏怜的小女儿，她们终日临水自照，惊讶于自己美丽的羽衣和美丽的肌肤，她们久久凝注着自己的青春，被那份光华弄得痴然如醉。

而有一天，她的羽衣不见了，她换上了人间的粗布——她已经决定做一个母亲。有人说她的羽衣被锁在箱子里，她再也不能飞翔了，人们还说，是她丈夫锁上的，钥匙藏在极秘密的地方。

可是，所有的母亲都明白那仙女根本就知道箱子在哪里，她也知道藏钥匙的所在，在某个无人的时候，她甚至会惆怅地开启箱子，用忧伤的目光抚摸那些柔软的羽毛，她知道，只要羽衣一着身，她就会重新回到云端，可是她把柔软白亮的羽毛拍了又拍，仍然无声无息地关上箱子，藏好钥匙。

是她自己锁住那身昔日的羽衣的。

她不能飞了，因为她已不忍飞去。

而狡黠的小女儿总是偷窥到那藏在母亲眼中的秘密。

许多年前，那时我自己还是一个小女孩，我总是惊奇地窥视着母亲。

她在口琴背上刻了小小的两个字——"静鸥"，那里面有什么故事吗？那不是母亲的名字，却是母亲名字的谐音，她也曾梦想过自己是一只静栖的海鸥吗？她不怎么会吹口琴，我甚至想不起她吹过什么好听的歌，但那名字对我而言是母亲神秘的羽衣，她轻轻写那两个字的时候，她可以立刻变了一个人，她在那名字里是另外一个我所不认识的有翅的什么。

母亲晒箱子的时候是她另外一种异常的时刻，母亲似乎有些好东西，完全不是拿来用的，只为放在箱底，按时年年在三伏天取出来曝晒。

记忆中母亲晒箱子的时候就是我兴奋欲狂的时候。

母亲晒些什么，我已不记得，记得的是樟木箱又深又沉，像一个混沌黝黑初生的宇宙，另外还记得的是阳光下竹竿上富丽夺人的颜色，以及怪异却又严肃的樟脑味，以及我在母亲喝禁声中东摸摸、西探探的快乐。

我唯一真正记得的一件东西是幅漂亮的湘绣被面，雪白的缎子上，绣着兔子和翠绿的小白菜，以及红艳欲滴的小杨花萝卜。全幅上还绣了许多别的令人惊讶赞叹的东西，母亲一面整理，一面会忽然回过头来说："别碰，别碰，等你结婚就送给你。"

我小的时候好想结婚，当然也有点害怕，不知为什么，仿佛所有的好东西都是等结婚就自然是我的了，我觉得一下子有那么多好东西也是怪可怕的事。

那幅湘绣后来好像不知怎么消失了，我也没有细问。对我而言，那么美丽得不近真实的东西，一旦消失，是一件合理得不能再合理的事。譬如初春的桃花，深秋的红枫，在我看来都是美丽得违了规的东西，是茫茫大化一时的错误，才胡乱把那么多的美推到一种东西上去，桃花理该一夜消失的，不然岂不教世人都疯了？

湘绣的消失对我而言，简直就是复归大化了。

但不能忘记的是母亲打开箱子时那份欣悦自足的表情，她慢慢地看着那幅湘绣，那时我觉得她忽然不属于周遭的世界，那时候她会忘记晚饭，忘记我扎辫子的红绒绳。她的姿势细想起来，实在是仙女依恋地轻抚着羽衣的姿势，那里有一个前世的记忆，她又快乐又悲哀地将之一一拾起，但是她也知道，她再也不会去抬起往昔了——唯其不会重拾，所以回顾的一刹那特别地深情凝重。

除了晒箱子，母亲最爱回顾的是早逝的外公对她的宠爱。有时她胃痛，卧在床上，要我把头枕在她的胃上，她慢慢地说起外公。外公似乎很舍得花钱（当然也因为有钱），总是带她上街去吃点心，她总是告诉我当年的肴肉和汤包怎么好吃，甚至煎得两面黄的炒面和女生宿舍里早晨订的"冰糖"豆浆（母亲总是强调"冰糖"豆浆，因为那是比"砂糖"豆浆更为高贵的），都是超乎我想象力之外的美味。我每听她说那些事的时候，都惊讶万分——我无论如何不能把那些事和母亲联想在一起。我从有记忆起，母亲就是一个吃剩菜的角色，红烧肉和新炒的蔬菜，简直就是理所当然地放在父亲面前的，她自己的面前永远是一盘杂拼的剩菜和一碗"擦锅饭"（"擦锅饭"就是把剩饭在炒完菜的剩锅中一炒，把锅中的菜汁擦干净了的那种饭），我简直想不出她不吃剩菜的时候是什么样子。

而母亲口里的外公、上海、南京、汤包、肴肉全是仙境里的东西，母亲每讲起那些事，总有无限的温柔。她既不感伤，也不怨叹，只是那样平静地说着。她并不要把那个世界拉回来，我一直都知道这一点，我很安心，我知道下一顿饭她仍然会坐在老地方，吃那盘我们大家都不爱吃的剩菜。而到夜晚，她会照例一个门、一个窗地去检点、去上闩。她一直都负责把自己牢锁在这个家里。

哪一个母亲不曾是穿着羽衣的仙女呢？只是她藏好了那件衣服，然后用最黯淡的粗布把自己掩藏了，我们有时以为她一直就是那样的。

而此刻，那刚听完故事的小女儿鬼鬼地在窥视着什么？

她那么小，她何由得知？她是看多了卡通，听多了故事吧？她也发现了什么吗？

是在我的集邮本偶然被儿子翻出来的那一刹那吗？是在我拣出石涛画册或汉碑并一页页细味的那一刻吗？是在我猛然回首听他们弹一阕熟悉的钢琴练习曲的时候吗？抑是在我带他们走过年年的春光，不自主地驻足在杜鹃花旁或流苏树下的一瞬间吗？

或是在我动容地托住父亲的勋章或童年珍藏的北平画片的时候，或是在我翻拣夹在大字典里的干叶之际，或是在我轻声地教他们背一首唐诗的时候……

是有什么语言自我眼中流出呢？是有什么音乐自我腕底泻过呢？为什么那小女孩会问道：

"妈妈，你是不是仙女变的呀？"

我不是一个和千万母亲一样安分的母亲吗？我不是把属于女孩的羽衣收折得极为秘密吗？我在什么时候泄漏了自己呢？

在我的书桌底下放着一个被人弃置的木质砧板，我一直想把它挂起来当一幅画，那真该是一幅庄严的画，那样承受过万万千千生活的刀痕和凿印的，但不知为什么，我一直也没有把它挂出来……

天下的母亲不都是那样平凡不起眼的一块砧板吗？不都是那样柔顺地接纳了无数尖锐的割伤却默无一语的砧板吗？

而那小女孩，是凭什么神秘的直觉，竟然会问我：

"妈妈，你到底是不是仙女变的?"

我掰开她的小手，救出我被吊得酸麻的脖子，我想对她说：

"是的，妈妈曾经是一个仙女，在她做小女孩的时候，但现在，她不是了，你才是，你才是一个小小的仙女!"

但我凝视着她晶亮的眼睛，只简单地说了一句：

"不是，妈妈不是仙女，你快睡觉。"

"真的?"

"真的!"

她听话地闭上了眼睛，旋即又不放心地睁开：

"如果你是仙女，也要教我仙法哦!"

我笑而不答，替她把被子掖好，她兴奋地转动着眼珠，不知在想什么。

然后，她睡着了。

故事中的仙女既然找回了羽衣，大约也回到云间去睡了。

风睡了，鸟睡了，连夜也睡了。

我守在两张小床之间，久久凝视着他们的睡容。

也是水湄

那条长几就摆在廊上。

廊在卧室之外，负责数点着有一阵没一阵的夜风。

那是四月初次燠热起来的一个晚上，我不安地坐在廊上，十分不甘心那热，仿佛想生气，只觉得春天越来越不负责，就那么风风雨雨闹了一阵，东渲西染地抹了几许颜色，就打算草草了事收场了。

这种闷气，我不知道找谁去发作。

丈夫和孩子都睡了，碗筷睡了，家具睡了，满墙的书睡了，好像大家都认了命，只有我醒着，我不认，我还是不同意。春天不该收场的。可是我又为我的既不能同意又不能不同意而懊丧。

我坐在深褐色的条几上，几在廊上，廊在公寓的顶楼，楼在新生南路的工巷子里。似乎每一件事都被什么阴谋规规矩矩地安排好了，可是我清楚地知道，我并不在那条几上，正如我规规矩矩背好的身份证上长达十个字的统一编号，背邻里地址和电话，在从小到大的无数表格上填自己的身高、体重、履历、年龄、籍贯和家属。可是，我一直知道，我不在那里头，我是寄身在浪头中的一片白，在一霎眼中消失，但我不是那浪，我是那白，我是纵身在浪中而不属于浪的白。

　　也许所有的女人全是这样的，像故事里的七仙女或者螺蛳精，守住一个男人，生儿育女，执一柄扫把日复一日地扫那四十二坪地（算来一年竟可以扫五甲地），像吴刚或西西弗斯那样擦抹永世擦不完的灰尘，煮那像"宗教"也像"道统"不得绝祠的三餐。可是，所有的女人仍然有一件羽衣，锁在箱底。她并不要羽化而去，她只要在启箱检点之际，相信自己曾是有羽的，那就够了。

　　如此，那夜，我就坐在几上而又不在几上，兀自怔怔地发呆。

　　报纸和茶绕着我的膝成半圆形，那报纸因为刚分了类，看来竟像一垛垛的砌砖，我恍惚成了俯身古城墙凭高而望的人，柬埔寨在下，越南在下，孟加拉在下，乌干达在下，

"暮春三月，江南草长，杂花生树，群莺乱飞"的故土在下……

夜忽然凉了，我起身去寻披肩把自己裹住。

一钵青藤在廊角执意地绿着，我大部分的时间都不肯好好看它，我一直搞不清楚，它到底是委屈的还是悲壮的。

我决定还要坐下去。

是为了跟夜僵持？跟风僵持？抑是跟不明不白就要消失了的暮春僵持？我不知道。我只知道我不要去睡，而且，既不举杯，也不邀月，不跟山对弈，不跟水把臂，只想那样半认真半不认真地坐着，只想感觉到山在，水在，鸟在，林在就好了，只想让冥漠大化万里江山知道有个我在就好了。

我就那样坐着，把长椅坐成了小舟。而四层高的公寓下是连云公园，园中有你纠我缠的榕树，榕树正在涨潮，我被举在绿色的柔浪上，听绿波绿涛拍舷的声音。

于是，渐渐地，我坚持自己听到了"流水绕孤村"的潺湲的声音，真的，你不必告诉我那是巷子外面新生南路上的隆隆车声，车子何尝不可以"车如流水"呢？一切的音乐岂不是在一侧耳之间温柔，一顾首之间庄严的吗？于无弦处听古琴，于无水处赏清音，难道是不可能的吗？

何况，新生南路的前身原是两条美丽的夹堤，柳枝曾在这里垂烟，杜鹃花曾把它开成一条"丝路"，五彩的丝，而我们房子的地基便掘在当年的稻香里。

我固执地相信，那古老的水声仍在，而我，是泊船水湄的舟子。

新生南路，车或南，车或北，轮辙不管是回家，或是出发，深夜行车不论是为名是为利，那也算得是一种足音了。其中某个车子里的某一把青蔬，明天会在某家的餐桌上出现，某个车子里的鸡蛋又会在某个孩子的便当里躺着，某个车中的夜归人明天会写一首诗，让我们流泪，人间的牵扯是如此庸俗而又如此深情，我要好好地听听这种水声。

如果照古文字学者的意思，"湄"字就是"水草交"的意思，是水跟岸之间的亦水亦岸亦草的地方，是那一注横如眼波的水上浅浅青青温温柔柔如一带眉毛的地方。这个字太秀丽，我有时简直不敢轻易出口。

今夜，新生南路仍是圳水，今夜，我是泊舟水湄的舟子。

忽然，我安下心平下气来，春仍在，虽然这已是阴历三月的最后一夜了。正如题诗在壁，壁坏诗消，但其实诗仍在，壁仍在，因为泥仍在。曾经存在过的便不会消失。春天不曾匿迹，它只是更强烈地投身入夏，原来夏竟是更朴实更浑茂的春，正如雨是更细心更舍己的液态的云。

今夜，系舟水湄，我发现，只要有一点情意，我是可以把车声宠成水响，把公寓爱成山色的。

　　就如此，今夜，我将系舟在也是水湄的地方。

情　怀

不知从什么时候开始，我变成了一个容易着急的人。

行年渐长，许多要计较的事都不计较了，许多渴望的梦境也不再使人颠倒，表面看起来早已经是个可以令人放心、循规蹈矩的良民，但在胸臆里仍然暗暗地郁勃着一声闷雷，等待某种不时的炸裂。

仍然落泪，在读故事见诸葛武侯废然一叹、跨出草庐的时候，在途经罗马看米开朗琪罗的一斧一凿，每一痕都是开天辟地的悲愿的时候，在深宵不寐，感天念地深视小儿女睡容的时候。

忽焉就四十岁了，好像觉得自己竟化成两个，一个正咧嘴嬉笑，抱着手冷眼看另一个，并且说：

"嘿，嘿，嘿，你四十岁啦，我倒要看着你四十岁会变成什么样子哩！"

于是正正经经开始等待起来，满心好奇兴奋地伸着脖子张望即将上演的"四十岁时"，几乎忘了主演的人就是自己。

好几年前，在朋友的一面素壁上看见一幅英文格言，说的是：

"今天是此后余生的第一天。"

我谛视良久，不发一语，心里却暗暗不服：

"不是的，今天是今生今世到此为止的最后一天。"

我总是着急，余生有多少，谁知道呢？果真如诗人说的"百年梳三万六千回"的悠悠栉发岁月吗？还是"四季倏往来，寒暑变为贼。偷人面上花，夺人头上黑"的霸道不仁呢？有一年，眼看着患癌症的朋友史惟亮一寸寸地走远，那天是二月十四日，日历上的情人节，他必然还有缠绵不尽的爱情吧，"中国"总是那最初也是最后的恋人，然而，他却走了，在情人节。

我走在什么时候？谁知道？只知道世方大劫，一切活着的人都是叨天之幸。只知道，且把今天当作我的最后一天，该爱的，要来不及地去爱，该恨的，要来不及地去恨。

从印度、尼泊尔回来，有小小的人世间的得意，好山水，好游伴，好情怀，人生至此，还复何求？还复何夸？回来以后，急着去看植物园的荷花，原来不敢期望在九月看荷的，但也许克什米尔的荷花湖使人想痴了心，总想去看看自己的那片香红，没想到它们仍在那里，比六月那次更灼然。回家忙打电话告诉慕蓉，没想到这人阴险，竟然已经看过了。

"你有没有想到，"她说，"就连这一池荷花，也不是我们'该'有的啊！"

人是要活很多年才知道感恩的，才知道万事万物包括投眼而来的翠色，附耳而至的清风，无一不是豪华的天宠；才知道生命中的每一刹那都是向永恒借来的片羽，才相信胸襟中的每一缕柔情都是无限天机所流泻的微光。

而这一切，跟四十岁又有什么关联呢？

想起古代的东方女子，那样小心在意地贮香膏于玉瓶，待香膏一点一滴地积满了，她忽然竟渴望就地一掷，将猛烈的馨香并作一次挥尽，啊，只要那样一度，就够了。

想起绝句里的剑客："十年磨一剑，霜刃未曾试。今日把示君，谁有不平事？"分明一个接剑的侠者，在清晨跨鞍出门，渴望及锋而试。

想起朋友亮轩少年十七岁，过中华路，在低矮的小馆里见于右任的一副联"与世乐其乐，为人平不平"，私慕之余，竟真能效志。人生如果真有可争，也无非这些吧？

又想起杨牧的一把纸扇，扇子是在浙江绍兴买的，那里是秋瑾的故居，扇上题诗曰：

连雨清明小阁秋，横刀奇梦少时游。

百年堪羡越园女，无地今生我掷头。

冷战的岁月是没有掷头颅的激情的，然而，我四十岁了，我是那扬瓶欲作一掷的女子，我是那挎刀直行的少年，人世间总有一件事，是等着我去做的，石槽中总有一把剑，是等着我去拔的。

去年九月，我们全家四人到恒春一游。由于娘家至今在屏东已住了二十八年，我觉得自己很有理由把那块土地看作故乡了。阳光薄金，秋风薄凉，猫鼻头的激浪白亮如抛珠溅玉，立身苍茫之际，回顾渺小的身世，一切幼时所曾羡慕的，此刻全都有了。曾听人说流星划空之际，如果能飞快地说出祈愿便可实现，当时多急着想练好快利的口齿啊！而今，当流星过眼我只能知足地说：

"神啊，我一无祈求！"

可是，就在那一天，我走到一个小摊子前面，一些褐斑的小鸟像水果似的绑成一串吊在门口，我习惯地伸出来摸了它一下。忽然，那只鸟反身猛啄了我一口，我又痛又惊，急速地收回手来，惶然无措地愣在那里。

就在那一刹那，我忽然忘记痛，第一次想到鸟的生涯。

它必然也是有情有知的吧？它必然也正忧痛焦急吧？它也隐隐感到面对死亡的不甘吧？它也正郁愤悲挫忽忽如狂吧？

我的心比我的手更痛了。这是我第一次遇见不幸的伯劳，在这以前它一直是我案头古老的《诗经》里的一个名字，"七月鸣鵙"，鵙，便是伯劳了，伯劳也是"劳燕分飞"典故里的一部分。

稍往前走，朋友指给我看烤好的鸟，再往前走，他指给我看堆积满地的小伯劳鸟的嘴尖。

"抓到就先把嘴折下来，免得咬人，然后才杀来烤。刚才咬你的那种因为打算卖活的，所以嘴尖没有折断。"

朋友是个尽责的导游，我却迷离起来。这就是我的老家屏东吗？这就是古老美丽的恒春古城吗？这就是海滩上有着发光的"贝壳沙"的小镇吗？这就是入夜以后沼气蓝焰会从小泽里亮起来的神话之乡吗？"恒春"不该是"永恒的春天"吗？为什么有名的关山落日前，为什么惊心动魄的万里夕照里，我竟一步步踩着小鸟的嘴尖？

要不要管这档子闲事呢？

寄身在所谓的学术单位里已经是十几年了，学人的现实和计较有时不下商人，一位坦白的教授说：

"要我帮忙做食品检验？那对我的研究计划有什么好处？这种事是该卫生署做的，他们不做，我多管什么闲事，我自己的Paper不出来，我在学术界怎么混？"

他说得没有错。只是我有时会想起胡金铨的《龙门客栈》，大门砰然震开，白衣侠士飘然当户。

"干什么的？"

"管闲事的！"回答得多么理直气壮。

我为什么想起这些？四十岁还会有少年侠情吗？为什么空无中总恍惚有一声召唤，使人不安。

我不喜欢"善心人士"的形象，"慈眉善目"似乎总和衰老、妇道人家、愚弱有关。而我，做起事来总带五分赌气性质，气生命不被尊重，气环境不被珍惜。但是，真的，要不要管这档闲事呢？管起来钱会被费掉，睡眠会更不足，心力会更交瘁，而且，会被人看成我最不喜欢的"善士"的模样，我还要不要插手管它呢？

教哲学的梁从香港来，惊讶地看我在屋顶上种出一畦花来。看到他，我忽然唠唠叨叨在嬉笑中也哲学起来了。

"你知道，在这个世界上，我终于慢慢明白，我能管的事太少了，北爱尔兰那边要打，你管得着吗？巴基斯坦这边要打，你压得了吗？小学四年级的音乐课本上有一首歌这样说：'看我们少年英豪，抖着精神向前跑，从心底喊出口号，要把世界重改造！为着民族求平等，为着人类争公道，要使全球万国间，到处腾欢笑。'那时候每逢刮风，我就喜欢唱这首歌顶着风往前走。可是，三十年过去了，我不敢再说这样的大话，'要把世界重改造'，我没有这种本事，只好回家种一角花圃，指挥指挥四季的红花绿卉，这就是辛稼轩说的，人到了一个年纪，忽然发现天下事管不了，只好回过头来'乃翁依旧管些儿，管竹、管山、管水'。我呢，现在就管几棵花。"

说的时候自然是说笑的，朋友认真地听，但我也知道自己向来虽不怕"以真我示人"，只是也不曾"以全我示人"。种花是真的，刻意去买了竹床竹椅放在阳台上看星星也是真的，却像古代长安街上的少年，耳中猛听得金铁交鸣，才发觉抽身不及，自己又忘了前约，依然伸手管了闲事。

有一夜，我歇下驰骋终日的疲倦，十月的夜，适度的凉，我舒舒服服地独倚在一张为看书而设计的躺榻上，算是对自己一点小小的纵容吧！生平好聊天，坐在研究室里是与古人聊天、与西人聊天，晚上读闲书读报是与时人聊天，写文章则是与世人与后人聊天，旅行的时候则与达官贵人或老农老圃闲聊，想来属于我的一生，也无非是聊了些天而已。

忽然，一双忧郁愠怒的眼睛从报纸右下方一个不显眼的角落向我投视来，一双鹰的眼睛，我开始不安起来。不安的原因也许是因为那怒睁的眼中天生有着鹰族的锐利奋扬，但是不止，还有更多，我静静地读下去，在花莲，一个叫玉里的镇，一个叫卓溪乡古风村的地方，一只"赫氏角鹰"被捕了。从来不知道"赫氏角鹰"的名字，连忙去查书，才知道它曾在几万年前，从喜马拉雅和云南西北部南下，然后就留在中央山脉了，它不是台湾特有的鸟类，也不是偶然过境的候鸟，而是"留鸟"，这一留，就是几万年，听来像绵绵无尽期的一则爱情故事。

却有人将这种鸟用铁夹捕了，转手卖掉，得到五千元。

我跳起来，打长途电话到玉里，夜深了，没人接。我又跑到桌前写信，急着找限时信封作读者投书。等把信封了口，我跑下楼去推脚踏车寄信，一看腕表已经清晨五点了，怎么会弄到这么晚的？也只能如此了，救生命要紧！

骑车回来，心中亦平静亦激动，也许会带来什么麻烦，会有人骂我好出风头，会有人说我图名图利，会有人铁口直断说："我看她是要竞选了！"不管这些，我且先去睡两个小时。我开始隐隐知道刚才和那只鹰的一照面间我为什么不安，我知道那其间有一种召唤，一种几乎是命定的无可抗拒的召唤，那声音柔和而沉实，那声音无言无语，却又清晰如晤面，那声音说："为那不能自述的受苦者说话吧！为那不能自申的受屈者表达吧！"

尔后，经过报上的风风雨雨，侦骑四出，却不知那只鹰流落在哪里，我的生活从什么时候开始竟和一只鹰莫名其妙地连在一起了？每每我凝视照片，便想象它此刻的安危、人生际遇，真是奇怪。过了二十天，我人到花莲，主持了两个座谈会。当晚住在旅舍里，当门一关，廊外海潮声隐隐而来，心中竟充满异样的感激。生平住过的旅舍虽多，这一间却是花莲的父老为我预订并付钱的。我感激的是自己那一点的善意和关怀被人接纳，有时也觉得自己像说法化缘的老僧，虽然每遭白眼，但也能和人结成肝胆相照的朋友。我今夕蒙人以一饭相款，设一榻供眠，真当谢天，比起古代风餐露宿的苦行僧，我是幸运的。

第二天一早搭车到宜兰，听说上次被追索的"赫氏角鹰"便是在偷运台北的途中死在那里。我和鸟类专家张万福从罗东问到宜兰，终于在一家山产店的冻箱里找到那只曾经搏云而上的高山生灵，而今是那样触手如坚冰的一块尸骨。站在午间陌生的小市镇上，山产店里一罐罐的毒蛇药酒，从架上俯视我。这样的结果其实多少也是意料中的，却仍忍不住悲怆。四十岁了，一身仆仆，站在小城的小街上，一家陈败的山产店前，不肯服输的心要对抗的究竟是什么呢？

　　和张万福匆匆包了它就赶往北宜公路回家了，黄昏时在台北道别，看他再继续赶往台中的路，心中充满感恩之意。只为我一通长途电话，他就肯舍掉两天的时间，背着一大包幻灯片，从台中、台北再转花莲去"说鸟"。此人也是一奇，台大法律系毕业，在美军顾问团做事，拿着高薪，却忽然发现所谓律师常是站在有钱有势却无理的一边。这一惊非同小可，于是弃职而去，一跑跑到大度山的东海潜心研究起鸟类生态来。故事听起来像江洋大盗忽然收山不做而削发皈依，反度起众人一般神奇。他却是如此平实的一个人，会傻里傻气待在野外从早上六点到下午六点，仔细数清楚棕面莺的母鸟喂了四百八十次小鸟的记录，并且会在座谈会上一一学鸟类不同的鸣声的。而现在，"赫氏角鹰"交他去做标本，一周以后那胸前一片粉色羽毛的幼鹰会乖乖地张开翅膀，乖乖地停在标本架上，再也没有铁夹去夹它的脚了，再也没有商人去辗转贩卖它了，那永恒的展翼啊！台北的暮色和尘色中，我看他和鹰绝尘而去，心中的冷热一时也说不清。

　　我是个爱鸟人吗？不是，我爱的那个东西必然不叫鸟，那又是什么呢？或许是鸟的振翅奋扬，是一掠而过将天空横渡的意气风发，也许我爱的仍不是这个，是一种说不清的生命力的展示，是一种突破无限时空的渴求。

曾在翻译诗里爱过希腊废墟的蔓草荒烟，曾在风景明信片上爱过夏威夷的明媚海滩，曾在线装书里迷上"黄河之水天上来"，曾在江南的歌谣里想自己驾一叶迷途于十里荷香的小舟……而半生碌碌，灯下惊坐，忽然发现魂牵梦萦的仍是中央山脉上那只我未曾一睹其面的鹰鸟。

四十岁了，没有多余的情感和时间可以挥霍，且专致地爱脚下的这片土地吧！且虔诚地维护头顶的那片青天吧！生平不识一张牌，却生就了大赌徒的性格，押下去的那份筹码其数值自己也不知道，只知道是余生的岁岁年年。赌的是什么？是在我垂睫大去之际能看到较澄澈的河流，较清鲜的空气，较青翠的森林，较能繁息生养的野生生命……输赢如何？谁知道呢！但如此一番大搏，为人也就不枉了。

和丈夫去看一部叫《女人四十一枝花》的电影，回家的路上咯咯笑个不停，好莱坞的爱情向来是如此简单荒唐。

"你呢？"丈夫打趣，"你是不是女人四十一枝花？"

"不是。"我正色起来，"我是'女人四十一枚果'，女人四十岁还做花，也不是什么含苞欲放的花了，但是如果是果呢，倒是透青透青初熟的果子呢！"

一切正好，有看云的闲情，也有犹热的肝胆，有尚未收敛也不想收敛的遭人妒的地方，也有平凡敦实容许别人友爱的余裕，有高龄的父母仍容我娇痴无忌如稚子，也有广大的土地容我去展怀一抱如母亲，有霍然而怒的盛气，也有湛然一笑的淡然。

还有什么可说呢？芽嫩已过，花期已过，如今打算来做一枚果，待果熟蒂落，愿上天复容我是一粒核，纵身大化在新着土处，期待另一度的芽叶。

描　容

一

有一次，和朋友约好了搭早晨七点的车去太鲁阁公园管理处。不料闹钟失灵，醒来时已经七点了。

我跳起来，改去搭飞机，及时赶到。管理处派人来接，但来人并不认识我，于是先到的朋友便七嘴八舌把我形容一番：

"她信基督教。"

"她是写散文的。"

"她看起来好像不紧张，其实，才紧张呢!"

形容完了，几个朋友自己也相顾失笑，这么一堆抽象的说辞，叫那年轻人如何在人堆里把要接的人辨认出来？

事后，他们说给我听，我也笑了，一面佯怒，说：

"哼，朋友一场，你们竟连我是什么样子也说不出来，太可恶了。"

转念一想，却也有几分惆怅——其实，不怪他们，叫我自己来形容我自己，我也一样不知从何说起。

二

有一年，带着稚龄的小儿小女全家去日本，天气正由盛夏转秋，人到富士山腰，租了匹漂亮的栗色大马去行山径。低枝拂额，山鸟上下，"随身听"里播着新买来的"三弦"古乐。抿一口山村自酿的葡萄酒，淡淡的红，淡淡的芬芳……蹄声嘚嘚，旅途比预期的还要完美……

然而，我在一座山寺前停了下来，那里贴着一张大大的告示，由不得人不看。告示上有一幅男子的照片，奇怪的是那日文告示，我竟也大致看明白了。它的内容是说，两个月前有个六十岁的男子登山失踪了，他身上靠腹部地方因为动过手术，有条十五厘米长的疤口，如果有人发现这位男子，请通知警方。

叫人用腹部的疤来辨认失踪的人，当然是假定他已是尸体了。否则凭名字相认不就可以了吗？

寺前痴立，我忽觉大恸，这座外形安详的富士山于我是闲来的行脚处，于这男子却是残酷的埋骨之地啊！时乎，命乎，叫人怎么说呢？

而真正令我悲伤的是，人生至此，在特征栏里竟只剩下那么简单赤裸的几个字：腹上有十五厘米长的疤痕！原来人一旦撒手了，所有人间的形容词都顿然失效，所有的学历、经验、头衔、土地、股票持份或功勋伟绩全都不相干了，真正属于此身的特点竟可能只是一记疤痕或半枚蛀牙。

山上的阳光淡寂，火山地带特有的黑土踏上去松软柔和，而我意识到山的险巇。每一转折都自成祸福，每一岔路皆隐含杀机。如我一旦失足，则寻人告示上对我的形容词便没有一句会和我平生努力以博得的成就有关了。

我站在寺前，站在我从不认识的山难者的寻人告示前，黯然落泪。

三

所有的"我"，其实不都是一个名词吗？可是我们是复杂而又啰苏的人类，我们发明了形容词——只是我们在形容自己的时候却又忽然词穷。一个完完整整的人，岂是能用三言两语胡乱描绘的？

对我而言，做小人物并没什么不甘，却有一项悲哀，就是要不断地填表格，不断把自己纳入一张奇怪的方方正正的小纸片。你必须不厌其烦地告诉人家你是哪年生的，生在哪里，生日是哪一天（奇怪，我为什么要告诉他我的生日呢？他又不送我生日礼物），家住哪里，学历是什么，身份证号码几号，护照号码几号，几月几日在哪里签发的，公保证号码几号。好在我颇有先见之明，从第一天起就把身份证和护照号码等一概背得烂熟，以便有人要我填表时可以不经思索熟极而流。

然而，我一面填表，一面不免想"我"在哪里啊？我怎会在那张小小的表格里呢？我填的全是些不相干的资料啊！资料加起来的总和并不是我啊！

尤其离奇的是那些大张的表格，它居然要求你写自己的特长，写自己的语文能力，自己的缺点……奇怪，这种表格有什么用呢？你把它发给梁实秋，搞不好，他谦虚起来，硬是只肯承认自己"粗通"英文，你又如何？你把它发给甲级流氓，难道他就承认自己的缺点是"爱杀人"吗？

我填这些形容自己的资料也总觉不放心。记得有一次填完"缺点"以后，我干脆又慎重地加上一段："我填的这些缺点其实只是我自己知道的缺点，但既然是知道的缺点，其实就不算是严重的缺点。我真正的缺点一定是我不知道或不肯承认的。所以，严格地说，我其实并没有能力写出我的缺点来。"

对我来说，最美丽的理想社会大概就是不必填表的社会吧！那样的社会，你一个人在街上走，对面来了一位路人，他拦住你，说：

"咦？你不是王家老三吗？你前天才过完三十九岁生日是吧？我当然记得你生日，那是元宵节前一天嘛！你爸爸还好吗？他小时候顽皮，跌断过一次腿，后来接好了，现在阴天犯不犯痛？不疼？啊，那就好。你妹妹嫁得还好吧？她那丈夫从小就不爱说话，你妹妹叽叽呱呱的，配他也是老天爷安排好的。她耳朵上那个耳洞没什么吧？她生出来才一个月，有一天哭个不停，你嫌烦，找了根针就去给她扎耳洞，大人发现了，吓死了，要打你，你说因为听说女人扎了耳洞挂了耳环就可以出嫁了，她哭得人烦，你想把她快快扎了耳洞嫁掉算了！你说我怎么知道这些事，怎么不知道？这村子上谁家的事我不知道啊？……"

那样的社会，人人都知道别家墙角有几株海棠，人人都熟悉对方院子里有几只母鸡，表格里的那一堆资料要它何用？

其实小人物填表固然可悲，大人物恐怕也不免此悲吧？一个刘彻，他的一生写上十部奇情小说也绰绰有余。但人一死，依照谥法，也只落一个汉武帝的"武"字，听起来，像是这人只会打仗似的。谥法用字历代虽不太同，但都是好字眼，像那个会说出"何不食肉糜？"的皇帝，死后也混到个"惠帝"的谥号。反正只要做了皇帝，便非"仁"即"圣"，非"文"即"武"，非"睿"即"神"……做皇帝做到这样，又有什么意思呢？长长的一生，最后只剩下一个字，冥冥中仿佛有一排小小的资料夹，把汉武帝跟梁武帝放在一个夹子里，把唐高宗和清高宗做成编类相同的资料卡。

　　悲伤啊，所有的"我"本来都是"我"，而别人却急着把你编号归类——就算是皇帝，也无非放进镂金刻玉的资料夹里去归类吧！

　　相较之下，那惹人訾议的武则天女皇就"飐飑"多了。她临死之时嘱人留下"无字碑"。以她当时身为母后的身份而言，还会没有当朝文人来谀墓吗？但她放弃了。年轻时，她用过一个名字来形容自己，那是"曌"（读作"照"），是太阳、月亮和晴空。但年老时，她不再需要任何名词，更不需要形容词。她只要简简单单地死去，像秋来喑哑萎落的一只夏蝉，不需要半句赘词来送终。她赢了，因为不在乎。

四

而茫茫大荒，漠漠今古，众生平凡的面目里，谁是我，我又是谁呢？我们却是在乎的。

明传奇《牡丹亭》里有个杜丽娘，在她自知不久于人世之际，一意挣扎而起，对着镜子把自己描绘下来，这才安心去死。死不足惧，只要能留下一副真容，也就扳回一点胜利。故事演到后面，她复活了，从画里也从坟墓里走了出来，作者似乎相信，真切地自我描容，是令逝者能永存的唯一手法。

米开朗琪罗走了，但我们从圣母垂眉的悲悯中重见五百年前大师的哀伤。而整套完整的儒家思想，若不是以仲尼站在大川上的那一声"逝者如斯夫！不舍昼夜"的长叹作底调，就显得太平板僵直，如道德教条了。一声轻轻的叹息，使我们惊识圣者的华颜。那企图把人间万事都说得头头是道的仲尼，一旦面对巨大而模糊的"时间"对手，也有他不知所措的悸动！那声叹息于我有如两千五百年前的录音带，至今音纹清晰，声声入耳。

艺术和文学，从某一个角度看，也正是一个人对自己的描容吧？而描容者是既喜悦又悲伤的，他像一个孩子，有点"人来疯"，他急着说：

"你看，你看，这就是我，万古宇宙，就只有这么一个我啊!"

然而诗人常是寂寞的——因为人世太忙，谁会停下来听你说"我"呢？

马来西亚有个古旧的小城叫"马六甲"，我在那城里转来转去，为五百年来中国人走过的脚步惊喜叹服。正午的时候，我来到一座小庙。

然而我不见神明。

"这里供奉什么神？"

"你自己看。"带我去的人笑而不答。

小巧明亮的正堂里，四面都是明镜，我瞻顾，却只见我自己。

"这庙不设神明——你想来找神，你只能找到自身。"

只有一个自身，只有一个一空依傍的自我，没有莲花座，没有祥云，只有一双踏遍红尘的鞋子，载着一个长途役役的旅人走来，继续向大地叩问人间的路径。

好的文学艺术也恰如这古城小庙吧？香客在环顾时，赫然于镜鉴中发现自己，见到自己的青青眉峰，盈盈水眸，见到如周天运行生生不已的小宇宙——那个"我"。

某甲在画肆中购得一幅大大的弥天盖地的"泼墨山水"，某乙则买到一张小小的意态自足的"梅竹双清"，问者问某甲说："你买了一幅山水吗？"某甲说："不是，我买的是我胸中的丘壑。"问者转问某乙："你买了一幅梅竹吗？"某乙回答说："不然，我买的是我胸中的逸气。"描容者可以描摹自我的眉目，肯买货的人却只因看见自家的容颜。

我　在

　　记得是小学三年级，偶然生病，不能去上学。于是抱膝坐在床上，望着窗外寂寂青山、迟迟春日，心里竟有一份巨大幽沉至今犹不能忘的凄凉。当时因为小，无法对自己说清楚那番因由，但那份痛，却是记得的。

　　为什么痛呢？现在才懂，只因你知道，你的好朋友都在那里，而你偏不在，于是你痴痴地想，他们此刻在操场上追追打打吗？他们在教室里挨骂吗？他们到底在干什么啊？不管是好是歹，我想跟他们在一起啊！一起挨骂挨打都是好的啊！

　　于是，开始喜欢点名，大清早，大家都坐得好好的，小脸还没有开始脏，小手还没有汗湿，老师说：

“×××。”

“在！”

正经而清脆，仿佛不是回答老师，而是回答宇宙乾坤，告诉天地，告诉历史，说，有一个孩子"在"这里。

回答"在"字，对我而言总是一种饱满的幸福。

然后，长大了，不必被点名了，却迷上旅行。每到山水胜处，总想举起手来，像那个老是睁着好奇圆眼的孩子，回一声：

"我在。"

"我在"和"某某到此一游"不同，后者张狂跋扈，目无余子，而说"我在"的仍是个清晨去上学的孩子，高高兴兴地回答长者的问题。

其实人与人之间，或为亲情或为友情或为爱情，哪一种亲密的情谊不是基于我在这里，刚好，你也在这里的前提？一切的爱，不就是"同在"的缘分吗？就连神明，其所以为神明，也无非由于"昔在、今在、恒在"，以及"无所不在"的特质。而身为一个人，我对自己"只能出现于这个时间和空间的局限"感到另一种可贵，仿佛我是拼图板上扭曲奇特的一块小形状，单独看，毫无意义，及至恰恰嵌在适当的时空，却也是不可少的一块。天神的存在是无始无终浩浩莽莽的无限，而我是此时此际此山此水中的有情和有觉。

有一年，和丈夫带着一团的年轻人到美国和欧洲去表演，我坚持选崔颢的《长干行》作为开幕曲，在一站复一站的陌生城市里，舞台上碧色绸子抖出来粼粼水波，唐人乐府悠然导出：

君家何处住，妾住在横塘。
停船暂借问，或恐是同乡。

渺渺烟波里，只因错肩而过，只因你在清风我在明月，只因彼此皆在这地球，而地球又在太虚，所以不免停舟问一句话，问一问彼此隶属的籍贯，问一问昔日所生、他年所葬的故里。那年夏天，我们也是这样一路去问海外中国人的隶属所在的啊！

《旧约》里记载了一则三千年前的故事，那时老先知以利因年迈而昏聩无能，坐视宠坏的儿子横行。小先知撒母耳却仍是幼童，懵懵懂懂地穿件小法袍在空旷的大圣殿里走来走去。然而，事情发生了，有一夜他听见轻声的呼唤：

"撒母耳！"

他虽渴睡却是个机警的孩子，跳起来，便跑到老以利面前：

"你叫我，我在这里！"

"我没有叫你，"老态龙钟的以利说，"你去睡吧！"

孩子去躺下，他又听到相同的叫唤：

"撒母耳！"

"我在这里，是你叫我吗？"他又跑到以利跟前。

"不是，我没叫你，你去睡吧。"

第三次他又听见那召唤的声音，小小的孩子实在给弄糊涂了，但他仍然尽快跑到以利面前。

老以利蓦然一惊，原来孩子已经长大了，原来他不是小孩子梦里听错了话，不，他已听到第一次天音，他已面对神圣的召唤。虽然他只是一个稚弱的小孩，虽然他连什么是"天之钟命"也听不懂，可是，旧时代毕竟已结束，少年英雄会受天承运挑起八方风雨。

"小撒母耳，回去吧！有些事，你以前不懂，如果你再听到那声音，你就说：'神啊！请说，我在这里。'"

撒母耳果真第四度听到声音，夜空烁烁，廊柱耸立如历史，声音从风中来，声音从星光中来，声音从心底的潮声中来，来召唤一个孩子。撒母耳自此至死，一直是个威仪赫赫的先知，只因多年前，当他还是稚童的时候，他答应了那声呼唤，并且说："我，在这里。"

我当然不是先知，从来没有想做"救星"的大志，却喜欢让自己是一个"紧急待命"的人，随时能说"我在，我在这里"。

这辈子从来没喝得那么多，大约是一瓶啤酒吧，那是端午节的晚上，在澎湖的小离岛。为了纪念屈原，渔人那一天不出海，小学校长陪着我们和家长会的朋友吃饭，对于仰着脖子的敬酒者你很难说"不"。他们喝酒的样子和我习见的学院人士大不相同，几杯下肚，忽然红上脸来，原来酒的力量竟是这么大的。起先，那些宽阔黧黑的脸不免不自觉地有一份面对台北人和读书人的卑抑，但一喝了酒，竟人人急着说起话来，说他们没有淡水的日子怎么苦，说淡水管如何修好了又坏了，说他们宁可倾家荡产，也不要天天开船到别的岛上去搬运淡水……

而他们嘴里所说的淡水，在台北人看来，也不过是咸涩难咽的怪味水罢了——只是于他们却是遥不可及的美梦。

我们原来只是想去捐书，只是想为孩子们设置阅览室，没有料到他们红着脸粗着脖子叫嚷的却是水！这个岛有个好听的名字，叫鸟屿，岩岸是美丽的黑得发亮的玄武石组成的。浪大时，水珠会跳过教室直落到操场上来，澄莹的蓝波里有珍贵的丁香鱼，此刻餐桌上则是酥炸的海胆，鲜美的小鳟……然而这样一个岛，却没有淡水……

我能为他们做什么？在同盏共饮的黄昏，也许什么都不能，但至少我在这里，在倾听，在思索我能做的事……

读书，也是一种"在"。

有一年，到图书馆去，翻一本《春在堂随笔》，那是俞樾先生的集子，红绸精装的封面，打开封底一看，竟然从来也没人借阅过，真是"古来圣贤皆寂寞"啊！心念一动，便把书借回家去。书在，春在，但也要读者在才行啊！我的读书生涯竟像某些人玩"碟仙"，仿佛面对作者的精魄。对我而言，李贺是随召而至的，悲哀悼亡的时刻，我会说："我在这里，来给我念那首《苦昼短》吧！念'吾不识青天高，黄地厚，唯见月寒日暖，来煎人寿'。"读那首韦应物的《调笑令》的时候，我会轻轻地念："胡马胡马，远放燕支山下。跑沙跑雪独嘶，东望西望路迷。迷路迷路，边草无穷日暮。"一面觉得自己就是那从唐朝一直狂驰至今不停的战马，不，也许不是马，只是一股激情，被美所迷，被莽莽黄沙和胭脂红的落日所震慑，因而心绪万千，不知所止的激情。

看书的时候，书上总有绰绰人影，其中有我，我总在那里。

《旧约·创世记》里，堕落后的亚当在凉风乍至的伊甸园把自己藏匿起来。

上帝说：

"亚当，你在哪里？"

他嗫而不答。

如果是我，我会走出，说：

"上帝，我在，我在这里，请你看着我，我在这里。不比一个凡人好，也不比一个凡人坏，我有我的逊顺祥和，也有我的叛逆凶戾，我在我无限的求真求美的梦里，也在我脆弱不堪一击的人性里。上帝啊，俯察我，我在这里。"

"我在"，意思是说我出席了，在生命的大教室里。

几年前，我在山里说过的一句话容许我再说一遍，作为终响：

"树在。山在。大地在。岁月在。我在。你还要怎样更好的世界？"

给我一点水

假如，你在乡下，在湖泊分布的高地上，然后，不管你随兴走哪一条路，十次有九次，你会沿路走下溪谷，走到溪流停贮的潭畔，这件事真有不可思议的魔力。只要那个地区有水，你就算找个沉浸梦境而精神最恍惚的人，叫他站着，开步走，他就会把你一路带到水边，一点也错不了……玄思冥想一向和水结了不解缘，这是人人都知道的。

上面那段话是麦尔维尔说的，随着这段话，他写下一部以水域为背景的小说——《白鲸》。

算时间是百把年前了。

那个时代的人是幸运的，因为还知道什么叫作"干净的水"。水仍然可以很无愧地作为凡人的梦境。

如果，在我有幸碰到好心的神仙，如果神仙容我许一个愿，我大约会悲喜交集，失声叫道：

"不，什么都不要给我，我什么都不缺，我只求你把我失去的还给我，哦，不，我失去的太多，我不敢求，我只求你发还给我一件东西，还给我一片干净水，给我鲜澄的湖，给我透明的溪涧，给我清澈的灌溉渠，给我浩渺无尘的汪洋！"

水，永远是第一张诗笺。

关关雎鸠，在河之洲……

不学诗，无以言，不观水，无以诗。三百则"温柔敦厚"原是始于一带河洲啊！

江南可采莲，莲叶何田田。

六朝乐府的恣肆古艳，其实是来自南国的潋滟泽光呢！

小时候，住在抚顺街，家的四围是农田，田中间有一

128

个小小的水洼，老老实实的一个水洼，既没有垂杨倒影，也没有岸芷汀兰，却刚刚好可以容得下一个小女孩的梦境。我有时用畚箕捞几尾小鱼、几叶水草，放在玻璃瓶里，那种欢悦，不是买热带鱼的人可以想象的。

其实，那个小水洼并不是我生命里第一度的"水的初恋"。最初恋水，是在玄武湖，湖上有荷，荷上有风，风上有南京城的千载古意。而小小的我只一径剥着玉色的莲子，只惊奇地看雪藕之间竟有死不肯断的丝连，只贪看艳色的樱桃，热热闹闹地被包在绿荷叶里。

玄武湖不久就忘了，却一直记得那个小水洼，另外记得的是一片荷田，在双连火车道边。有一次妈妈要我去摘一片荷叶回家做粉蒸肉，我不知死活地踩下水去，觉得自己在烂泥里无法自拔，一路陷下去，忽然，也不知怎么样地又爬出来了。奇怪的是，以后对那片田也竟不畏惧了。

还有一片水，是圳水，在记忆里也悠长如琴弦。那时我在中山小学读书，学校升学率很高，又逢严师，日子过得也就可想而知了。但童年却如贫姝，自有其天然的颜色。学校后面是圳水，是新生北路，逃学的探险家说可以一路逃到松山机场，我从来不敢想象那么大胆的逃亡，就连"次等调皮"的同学说堤外可以采到一种通心草，我也不敢出走尝试，倒是有时在溪畔看书，看着看着，书掉到水里，我往下游快跑几步，又把它拦截回来。我现在有书近万卷，但何处才有一条淙淙的玉带供我坠书呢？

搬家屏东以后，圳水竟然可以在家附近绕流，真是好得过分，令人不敢相信。屏东是个可爱的怪城，辣椒季里整条马路都拿来晒辣椒，想来也算是人间最艳丽的交通阻塞了。树上的凤凰花则照例烧得腾烈万分，让人不敢久看。而圳水在夏日的夕照里恬然流去，东坡只会说"好风如水"，如果他看到万顷金黄中的一带波光，他要不要说"好水如风"呢？

屏东另有好水，在三地门，那样的好水只有犷悍的山胞才有资格拥有吧？

南部还有一个地方叫大寮，我认识的一位年长的宣博士到那里去拓荒，二十五年前，那地方没有门牌地址，信封上只需写：大寮，过河，×××收。

唉，所有好心的神仙啊，此生此世，如果我能住到一个地方，其地址竟可以简简单单到只是"湖畔""河边"或"涧旁"，即使做梦，也会笑醒啊！

考取大学，第一次到外双溪。惊见山溪如翠，第一个冲动竟是换游泳衣去泡水（因为并不会游水），后来被很有理智的女伴骂了一句"难道你要去公开展览"，才打消念头。

而匆匆然，四分之一世纪流去，而今望着溪水的不再是那常来背书的大一女生，不再是那跟男友来散步的大二女孩，所有的时间也无非是使一个坐在台下的人变成站在台上的人，然而，那溪水却日甚一日地混浊恶臭起来，"沧浪之水清兮，可以濯我缨；沧浪之水浊兮，可以濯我足"，但溪水如果浊到不堪濯足的程度，你又奈何呢？如果拔去我的智慧，抽掉我的历练，磨光我辛苦一场才得到的专业知识，而溪水便能恢复它当初的清纯，我是多么愿意弃圣绝智，重新回复为二十五年前一清见底的呆女孩，和一清见底的溪水素面相觑啊！

　　从什么时候开始，属于我的水渐渐变得如脓汁如毒药。

　　到曾文水库去，只见垃圾如山。

　　坐花莲轮沿东岸行，海面上一直漂着塑胶袋和可乐瓶罐，我是脆弱的，这种伤心欲绝的经验，我不想多有，我不再去旅行了。

　　每年假日，或身在印第安纳的"哇——哇——湖"（从印第安语发音），看千顷阳光，或在克什米尔的运尔湖数游鱼荇藻，或泛舟于巴黎塞纳河，或俯视伦敦观尽盛衰的泰晤士河，甚至流连于照过莎翁文采风流的埃文河，心里总有恻恻愁情。能观天下之水，是造物对我的厚爱，但为什么我不能重新拥有基隆河或淡水河呢？

沙漠的旅人需要一皮囊的水润喉，我需要的更多，我需要一片水，可以为镜鉴来摄我之容，可以为渊薮来酝酿诗篇，可以为歌行来传之子孙，而且像黄河、像洙泗，让我桀骜无依的心有所归依，有所臣服。

　　那样的水在哪里呢？

问 名

万物之有名，恐怕是由于人类可爱的霸道。

《创世记》里说，亚当自悠悠的泥骨土髓中乍醒过来，他的第一件"工作"竟是为万物取名。想起来都要战栗，分明上帝造了万物，而一个一个取名字的竟是亚当，那简直是参天地之化育，抬头一指，从此有个东西叫青天，低头一看，从此有个东西叫大地，一回首，夺神照眼的那东西叫树，一倾耳，树上嘤嘤千啭的那东西叫鸟……而日升月沉，许多年后，在中国，开始出现一个叫仲尼的人，他固执地要求"正名"，他几乎有点迂，但他似乎预知，"自由"跟"放纵"，"爱情"和"色欲"，"人权"和"暴力"是如何相似又相反的东西，他坚持一切的祸乱源自"名实不副"。

我不是亚当，没有资格为万物进行惊心动魄的命名大典。也不是仲尼，对于世人的"鱼目混珠"唯有深叹。

不是命名者，不是正名者，只是一个问名者。命名者是伟大的开创家，正名者是忧世的挽澜人，而问名者只是一个与万物深深契情的人。

也许有几分痴，特别是在旅行的时候，我老是烦人地问：

"那是什么？"

别人答不上来，我就去问第二个，偏偏这世界就有那么多懵懂的人，你问他天天来他家草坪啄食的红胸绿背的鸟叫什么，他居然不知道。你问他那条河叫什么河，他也好意思抵赖说那条河没名字。你问他那些把他家门口开得一片闹霞似的花树究竟是桃是李，他不负责任地说不清楚。

不过，我也不气，万物的名氏又岂是人人可得而知的。别人答不上来，我的心里固然焦灼，但却更觉得这番"问名"是如此慎重虔诚，慎重得像古代婚姻中的"问名"大礼。

读《红楼梦》，喜欢宝玉的痴，他闯见小厮茗烟和一个清秀的女孩子在一起，没有责备他的大胆，却恨他连女孩子姓什么叫什么都不知道。不知名就是不经心，奇怪的是有人竟能如此不经心地过一生一世。宝玉自己是连听到刘姥姥说"雪地里女孩儿精灵"的故事，也想弄清楚她的名和姓而去祭告一番的。

有一次，三月，去爬中部的一座山，山上有一种蔓藤似的植物，长着一种白紫交融细丝纷披的花。我蹲在山径上，凝神地看，山上没有人，无从问起。忽然，我发现有些花已经结了小果实了，青绿椭圆，我摘了一个下山去问人，对方瞟了一眼，不在意地说：

"那是百香果啊，满山都是的！现在还少了一点，从前，我们出去一捡就一大箩。"

我几乎跌足而叹，原来是百香果的花，那么芳香浓郁的百香果的花。如果再迟两个月来，满山岂不都是些紫褐色的果子，但我也不遗憾，我到底看过它的花了，只可惜初照面的时候，不能知名，否则应该另有一番惊喜。

野牡丹的名字是今年春天才打听出来的，一旦知道，整个春天竟然都过得不一样了。每次穿山径到图书馆影印资料，它总在路的右侧紫艳艳地开着，我朝它诡秘一笑，心里的话一时差不多已溢到嘴边：

"嘿，野牡丹，我知道你的名字了，蛮好听的呀——野牡丹。"

它望着我，也笑了起来，像一个小女孩，又想学矜持，又装不来。于是忍不住傻笑：

"咦？谁告诉你的？你怎么晓得我的名字的？"

"安娜女王的花边"（Queen Anna's Lace）是一种美国野花的名字，它是在我心灰意冷问遍朋友没有一个人能指认出来的时候，忽然获知的。告诉我的人是一个女画家，那天，她把车子停在宁静安详的小城僻路上，指着那一片由千百朵小如粟米的白花组成的大花告诉我，我一时屏息眄目，简直不敢相信那是真的。当下只见路边野花蔓延，世界是这样无休无止的一场美丽，我忽然觉得幸福得不知说什么才好。恍如古代，"河出图，洛出书"——那本不稀奇，但是，圣人认识它，那就不一样了。而我，一个平凡的女子，在夏日的熏风里，在漫漫的绿向天涯的大地上，只见那白花欣然怡悦地浮上来。像"河图洛书"一样地浮上来。我认识它吗？一朵花里有多少玄机？太平盛世会由于这样一个祥兆而出现吗？

我如呆如痴地坐着，一朵花里有多少玄机？

三月里，我到东门菜场外面的花店里去订一种花，那女孩听不懂，我只好找一张纸，一面画，一面解释：

"你看，就是这样，一根枝子，岔出许多小枝子，小枝子上有许许多多小花，又小，又白，又轻，开得散散的，蒙蒙的……"

"哦，"不等我说完，她就叫了起来，"你是说'满天星'啊！"

（后来有位朋友告诉我，那花英文里叫Baby's Breath——婴儿的呼吸，真温柔，让人忍不住心疼起来。）

第二天，我就把那订购的开得密密的星辰一把抱回家，觉得自己简直是宇宙，一胸襟都是星。

我把花插在一个陶罐子里，万分感动地看那四面迸射的花。我坐在花旁看书，心中疑惑地想着，星星都是善于伪装的，它们明明那么大，比太阳还大，却怕吓到了我们，所以装得那么小，来跟我们玩。它们明明是十万年前闪的光，却怕把我们弄糊涂了，所以假装是现在才眨的眼……而我买的这把"满天星"会不会是天星下凡来玩一遭的？我怔怔地看那花，愈看愈可疑，它们一定是繁星变的，怕我胆小，所以化成一把怯怯的花，来跟我共此暮春，共此黄昏。究竟是"星常化作地下花"呢，还是"花欲升作天上星"呢？我抛下书，被这样简单的问题搞糊涂了。

菜单上也有好名字。

有一种贝壳，叫"海瓜子"，听着真动人，仿佛是从海水的大瓜瓤里剖出的西瓜子，想起来，仿佛觉得那菜真充满了一种嗑的乐趣——嗑下去，壳张开，瓜子仁一般的贝肉就滑落下来……还有一种又大又圆的贝类，一面是白壳，一面是紫褐色的壳，有个气吞山河的名字，叫"日月蚶"，吃的时候，简直令人自觉神圣起来。不知道日月蚶自己知不知道它叫"日月蚶"——白的那面像月，紫的那面像日，它就是天地日月精华之所钟。

吃外国东西，我更喜欢问名了，问了，当然也不懂，可是，把名字写在记事本上，也是一段小小的人生吧！英雄豪杰才有其王图霸业的历史记录，小人物的记事册上却常是记下些莫名其妙的资料，例如有一种紫红色的生鱼片叫"玛苦瑞"，一种薄脆对折中间包些菜肴的墨西哥小饼叫"塔可"，意大利馅饼"比萨"吃起来老让人想起在比萨斜塔（虽然意大利文中那两字毫不相干），一种吃起来像烤馒头的英式面包叫"玛芬"，Petit Munster 是有点臭咸鱼味道的法国乳酪，Artichoke 长得像一枝绿色的花，煮熟了一瓣瓣掰下来蘸牛油吃，而"黑森林"又竟是一种蛋糕的名字。

记住些乱七八糟的食物名字当然是很没出息的事情，我却觉得其中有某种尊敬。只因在茫茫的人世里，我曾在某种机缘下受人一粥一饭，应当心存谢忱。虽然，钱也许是我付的，但我仍觉得每一个人的一只盘碗，都有如僧人的钵，我们是受人布施的托钵人，世人给我们的太多，我至少应该记下我曾经领受的食物名称。

有时我想，如果我死，我也一定要问清楚病名。也许那是最后一度问名了。

人生一世，问的都是美好的名字：一样好吃的菜肴，一块红得半透明的石头，一座山，一种衣料，一朵花，一条鱼……

但是，有一天，我会带着敬意问我敌人的名字，像古战场上两军对垒时，大英雄总是从容地问：

"来将通名!"

也许是癌，也许是心脏病，也许是脑溢血……但是，我希望自己有机会问名，我不能不清不白地败在不知名的对方手下。既然要交锋，就得公平，我要知道对手叫什么名字，背景如何，我要好好跟他斗一斗。就算力竭气绝，我也要清清楚楚叫出他的名字：

"××，算你赢了。"

然后，我会听见他也在叫我的名字：

"晓风，你也没输，我跟你缠斗得够辛苦的了！"

于是，我们对视着，彼此行礼，握手，告退。

最后的那场仗，我算不算输，我不知道，只知道，我要知道对方的名字，还要跟他好好拼上许多回合。

自始至终，我是一个喜欢问名的人。

星

约

万物本身的可惊可奇是可爱的，而我，在生活的层层磨难之余仍能感知万物的可惊可奇，也是可喜的。

人体中的繁星和穹苍

一个人是怎样变成自然科学家的？我认为是由于惊奇。

另一个人是怎样变成诗人的？我认为，也是由于惊奇。

至于那些成为音乐家，成为画家，乃至成为探险家的，都源于对万事万物的一点欣喜错愕，因而有不能自己地想去亲炙探究的冲动。

如果一定要说有什么差别的话，那就是科学家总是惊奇之余想去揣一揣真相，文学艺术家却在惊奇之际只顾赞美叹气手舞足蹈起来——但是，其实，没有人禁止科学家一面研究一面赞叹，也没有人限制文学艺术家一面赞叹一面研究。

万物本身的可惊可奇是可爱的，而我，在生活的层层磨难之余仍能感知万物的可惊可奇，也是可喜的——如今，在这方专栏里能将种种可惊可奇分享给别人更是可喜的。让我们一起来赞叹也一起来探究吧！

生命最初的故事

夜空里，繁星如一春花事，腾腾烈烈，开到盛时，让人担心它简直自己都不知该如何去了结。

繁星能数吗？它们的生死簿能一一核查清楚吗？

且不去说繁星和夜空，如果我们虔诚地反身自视，便会发现另一度宇宙，数以亿计的小光点溯流而上，奋力在深沉黑阒的穹苍中泅泳。然后，众星寂灭，剩下那唯一的，唯一着陆的光体。

——我其实是在说精子和卵子的结合过程，那是生命最初的故事，是一切音乐的序曲部分，是美酒未饮前的激滟和期待，是饱墨的画笔要横走纵跃前的蓄势。

精子的探险之旅

如果说，人体本身的种种奇奥是一系列神话，则精子的探险旅行应视作神话的第一章。故事总是这样开始的：

有一次（Once upon a time），有一只小小的精子出发了，它的旅途并不孤单，和它结伴同行的探险家合起来有两三毫升（也有到五六毫升的），不要看不起这几毫升，每一毫升里的精子编制平均是两千万到六千万只（想想整个台湾还不到两千万人口呢！），几毫升合起来便有上亿的数目了！

这是一场机密的行军，所有的精子都安静如赴命的战士，只顾奋力泅泳，它们虽属于同一部队（它们的军种，略似海军陆战队吧！），行军途中却没有指挥官，奇怪的是它们每一个都很清楚自己的任务——它们知道此行要抢先去攀登一块叫"卵子"的陆地，而且，这是一场不能回头的旅途。除了第一个着陆的英雄，其他精子唯一的命运就是死掉。"抱着万一成功的希望"，这句话对它们来说是太奢侈了，因为它们是"抱着亿一成功的希望"而全力以赴的。

考场、球场都有正常的竞争和淘汰，但竞争淘汰的比率到达如此冷酷无情的程度，除了"精子之旅"以外，也很难在其他现象里找到了。

行行重行行，有些伙伴显然落后了，那超前的彼此互望一眼，才发现大家在大同中原来还是有小异的，其中有一批是X兵种，另一批是Y兵种。Y的体形比较灵便，性格也比较急躁，看来颇有奏凯的希望，但X稳重踏实，一种跑马拉松的战略，是个不可轻敌的角色。这一番"抢渡"整个途程不过二十五厘米左右，但对小小的精子而言，却也等于玄奘取经横绝大漠的步步险阻了。这单纯的朝香客便不眠不休不食不饮一路行去。

优胜劣败的筛选

世间女子，一生排卵的数目约五百，一个现代女人大概只容其中的一两个成孕，而每一枚成孕的卵子是在亿对一的优势选择后才大功告成的。这种豪华浪费的大手笔真令人吃惊——可是，经过这场剧烈的优胜劣败的筛选，人种才有今天这么秀异，这么稳定。虽说"上天有好生之德"，但在整个人种绵延的过程中却反而只见铁面无私的霹雳手段呢！

虽然，整个旅程比一只手掌长不了多少，但选手却需要跑上两三个小时或五六个小时，算起来也是累得死人的长跑了。因此，如果情况不理想，全军覆没的情形也不免发生。另外一种情况也很常见，那就是选手平安到达，但对方迟到了，于是精子必须等待，事实上精子从出发到守候往往需要支持十几个小时。

好了，终于最勇壮的一位到达终点了，通常在终点线附近会剩下大约一百名选手。最后的冲刺当然是极为紧张的，但这胜利者得到什么呢？有鲜花、金牌在等它吗？有镁光灯等着为它作证吗？没有，这幸运而疲倦的英雄没有时间接受欢呼，它必须立刻部署打第二场战，它要把自己的头帽自动打开，放出一些分解酵素，而这酵素可以化开卵子的一角护膜，那卵子，曾于不久前自卵巢出发，并在此中途相待，等待来自另一世界的英雄，等待膜的化解，等待对方的舍身投入。

生命完成的感恩

这一刹那，应该是大地倾身、诸天动容的一刹。

有没有人因精卵的神迹而肃然自重呢？原来一身之内亦如万古乾坤，原来一次射精亦如星辰纳于天轨，运行不息。故事里的孙悟空，曾顽皮地把自己变作一座庙宇，事实上，世间果有神灵，神灵果愿容身于一座神圣的殿堂，则那座殿堂如果不坐落于你我的此身此体，还会是哪里呢？

附： 这样说吧，如果你行过街头，有人请你抽奖，如果你伸手入柜，如果柜中上亿票券只有一张是可以得奖，而你竟抽中了，你会怎样兴奋？何况奖额不是一百万一千万，而是整整一部"生命"！你曾为自己这样成胎的际遇而有过一丝一毫的感恩吗？

星　约

一　上一次

是因为期待吗？整个天空竟变得介乎可信赖与不可信赖之间，而我，我介乎悟道的高僧与焦虑的狂徒之际。

七十六年才一次啊！

"运气特别不好！"男孩说，"两千年来，这次哈雷是最不亮的一次！上一次，嘿，上一次它的尾巴拖过半个天空哩！"男孩十七岁，七十六年后他九十三岁，下一次，下一次他有幸和他的孩子并肩看星吗，像我们此刻？

至于上一次，男孩，上一次你在哪里，我在哪里，我的母亲又复在哪里？连民国亦尚在胎动。飒爽的鉴湖女侠墓草已长，黄兴的手指尚完好，七十二烈士的头颅尚在担风挑雨的肩上寄存。血在腔中呼啸，剑在壁上狂吟，白衣少年策马行过漠漠大野。那一年，就是那一年啊，彗星当空挥洒，仿佛日月星辰全是定位的镂刻的字模，唯独它，是长空里一气呵成的行草。

那一年，上一次，我们不在，但一一知道。有如一场宴会，我们迟了，没赶上，却见茶气氤氲，席次犹温，一代仁人志士的呼吸如大风盘旋谷中，向我们招呼，我们来迟了，没有看到那一代的风华。但一九一〇我们是知道的，在武昌起义和黄花岗起义之前的那一年我们是感念而熟知的。

二　初识

还有，最初的那一次（其实怎能说是最初呢，只能说是最初的记载罢了，只能说是不甚认识的初识罢了），这美丽得使人惊惶的天象，正是以美丽的方块字记录的。在秦始皇的年代，"七年，彗星先出于东方，见北方……五月，见西方……"秦代的资料，是以委婉的小篆体记录的吧？

而那时候，我们在哪里？易水既寒，群书成焚灰，博浪沙的大椎打中副车，黄石老人在桥头等待一位肯为人拾鞋的亢奋少年，伏生正急急地咽下满腹经书，以便有朝一日再复缓缓吐出，万里长城开始一尺一尺垒高、垒远……忙乱的年代啊，大悲伤亦大奋发的岁月啊，而那时候，我们在哪里？我们在哪里？

三　有所期

我们在今夜，以及今夜的期待里。以及，因期待而生的焦灼里。

不要有所期有所待，这样，你便不会忧伤。

不要有所系有所思，否则，你便成不赦的囚徒。

不要企图攫取，妄想拥有，除非，你已预先洞悉人世的虚空。

——然而，男孩啊，我们要听取这样的劝告吗？长途役役，我们有如一只罗盘上的指针，因神秘的磁场牵引而不安而颤抖而在每一步颠簸中敏感地寻找自己和整个天地的位置，但世上的磁针有哪一根因这种种劫难而后悔而愿意自绝于磁场的骚动呢？

四　咒诅

如果有人告诉我彗星是一场祸殃，我也是相信的。凡美丽的东西，总深具危险性，像生命。奇怪，离童年越远，我越是想起那只青蛙的童话：

有一个王子，不知为什么，受了魔法的诅咒，变成了青蛙。青蛙守在井底，他没有为这大悲痛哭泣，但他却听到了哭泣的声音，那一定来自小悲痛小凄怆吧？大痛是无泪的啊！谁哭呢？一个小女孩。为什么哭呢？为一只失落的球。幸福的小公主啊，他暗自叹息起来，她最响亮的号啕竟只为一只小球吗？于是他为她落井捡球。然后她依照契约做了他的朋友，她让青蛙在餐桌上有一席之地，她给了他关爱和友谊，于是青蛙恢复了王子之身。

——生命是一场受过巫法的大咒诅，注定腐朽，注定死亡，注定扭曲变形——然而我们活了下来，活得像一只井底青蛙，受制于窄窄的空间，受制于匆匆一夏的时间。而他等着，等一分关爱来破此魔法和咒诅。一瞬柔和的眼神已足以破解最凶恶的毒咒啊！

如果哈雷是祸殃，又有什么可悸可怖？我们的生命本身岂不是更大的祸殃吗？然而，然而我们不是一直相信生命是一场充满祝福的咒诅，一枚有着苦蒂的甜瓜，一条布满陷阱的坦途吗？

我不畏惧哈雷，以及它在传述中足以魔人的华灿和美丽。即使美如一场祸殃，我也不会因而畏惧它多于一场生命。

五　暂时

缸里的荷花谢尽，浮萍潜伏，十二月的屋顶寂然，男孩一手拿着电筒，一手拿着星象图，颈子上挂着望远镜。

"哈雷在哪里？"我问。

"你怎么这么'势利眼'，"男孩居然愤愤地教训起我来，"满天的星星哪一颗不漂亮，你为什么只肯看哈雷？"

淡淡的弦月下，阳台黝黑，男孩身高一米八四，我抬头看他，想起那首《日升日沉》的歌：

这就是我一手带大的小女孩吗？

这就是那玩游戏的小男孩吗？

是什么时候长大的呀？——他们

"看那颗天狼星，冬天的晚上就数它最亮，蓝汪汪的，对不对？它的光等是负一点四，你喜欢了，是不是？没有女人不喜欢天狼，它太像钻石了。"

我在黑夜中窃笑起来，男孩啊——

付这座公寓定金的时候，我曾惘惘然站在此处，揣想在这小小的舞台上，将有我入世怎样的演出。男孩啊，你在这屋子中成形，你在此听第一篇故事念第一首唐诗，而当年伫立痴想的时候，我从来不曾想到你会在此和我谈天狼星！

"蓝光的星是年轻的星，星光发红就老了。"男孩说。

星星也有生老病死？星星也有它的情劫和磨难？

"一颗流星。"男孩说。

我也看见了，它钢截利落，如钻石划过墨黑的玻璃。

"你许了愿？"

"许了。你呢？"

"没有。"

怎么解释呢？怎样把话说清楚呢？我仍有愿望，但重重愿望连我自己静坐以思的时候对着自己都说不清楚，又如何对着流星说呢？

"那是北极星——不过它担任北极星其实也是暂时的。"

"暂时？"

"对，等二十万年以后，就是大熊星来做北极星了，不过二十万年以后大熊星座的组合位置会有点改变。"

暂时担任北极星二十万年？我了解自己每次面对星空的悲怆失措甚至微愠了，不公平啊，可是跟谁去争辩，跟谁去抗议？

"别的星星的组合形态也会变吗？"

"会，但是我们只谈那些亮的星，不亮的星通常就是远的星，我们就不管它们了。"

"什么叫亮的？"

"光度总要在一等左右，像猎户星座里最亮的，我们中国人叫它'参宿七'的那一颗，就是零点一等，织女星更亮，是零等，太阳最亮，是负二十六等……"

六　"光的单位"

奇怪啊，印度人以"克拉"计钻石，愈大的钻石克拉愈多，希腊人以"光等"计星亮，愈亮的星"光等"反而愈少，最后竟至于少成负数了。

"古希腊人为什么这么奇怪呢？为什么他们用这种方法来计算光呢？我觉得'光度'好像指'无我的程度'，'我执'愈少，光源愈透，'我'愈强，光愈暗。"

"没有那么复杂吧？只是希腊人就是这样计算的。"

我于是躺在木凳上发愣，希腊人真是不可思议，满天空都成了他们故事的布局，星空于他们竟是一整棚累累下垂的葡萄串，随时可摘可食，连每一粒葡萄晶莹的程度他们也都计算好了。

七　猎户在天

几年前的一个星夜，我们站在各种光等的星星下。

"猎户在天——"我说。

"《诗经》的句子吧？"女友问。

"怎么会，也不想想猎户星座是希腊名词啊！"

她大笑起来，她是被我的句型骗了，何况她是诗人，一向不讲理的，只是最后连我自己也恍惚起来，真的很像《诗经》里的句子呢！

我们有点在装迷糊吗？为什么每看到好东西我们就把它故意误为中国的？

猎户是一组美丽的星，宽宏的肩，长挺的腿，巧饰的腰带和腰带下的腰刀，旁边还有一只野兔呢！然而，这漂亮的猎者是谁呢？是始终在奔驰在追索在欲求的世人吗？不知道啊。但他那样俊朗，把一个形象从古希腊至今维系了三千年，我不禁肃然。

"看到腰带下的小腰刀吗？腰刀是三颗直排的星组成的，中间的那一颗你用望远镜仔细看，是一大团星云，它距离我们只不过一千五百光年而已。"

"一千五百年！是唐朝吗?"

"是南北朝。"

早于浓艳的李义山，早于狂歌的李白、沉郁的杜甫以及凿破大地的隋炀帝。南北朝，南北朝又复为何世呢？对那一整个年代我所记得的只有北魏的石雕，悠悠青石，刻成了清明实在的眉目，今夕的星光就是当年大匠举斧加石的年代出发的，历劫的石像至今犹存其极具硬度的大悲悯，历劫的星光则今夕始来赴我的双目的天池。

猎户星座啊！

八　见与不见

我其实是要看哈雷的，但哈雷不现，我只看到云。我终于对云感到抱歉了——这是不公平的，我渴望哈雷是因它稍纵即逝，然而云呢？云又岂是永恒的？此云曾是彼水，彼水曾是泉曾是溪，曾是河曾是海，曾是花上晓露眼中横波，曾是禾田间的汗水，曾是化碧前的赤血，壮士沙场之际的一杯酒是它，赵州说法时的半杯茶也是它。然而，我竟以为云只是云，我竟以为今日之云同于昨日之云，云不也跟哈雷一样是周而复始的吗？是迂回往来的吗？

我不断地向自己解释，劝自己好好看一朵云，那其间亦自有千古因缘，然而我依旧悲伤且不甘心，为什么这是一片灯网交织的城，且长年有着厚云层？为什么不让我今生今世看见一次哈雷？

"奇怪啊，神话只属于古代，至于我们的年代只有新闻，而且多是报道不实的，为什么？"

黑暗中男孩看我，叹了一口气，他半年前交了一篇历史课的读书报告，题目便是《中国神话的研究》，得分九十五。曾经统御过所有的英雄和巨灵，辉耀了整个日月星辰的神话，此刻已老，并且沦为一个中学生的读书报告。

在一个接一个的冬夜里我叹惋跌足，并且生自己的气，气自己被渴望折磨，神话里的夸父就是渴死的，我要小心一点才行。悲伤时我总是想哈雷先生（哈雷彗星以他的名字来命名）以及他亦悲亦喜的一生，他在二十六岁那年惊见彗星，此后他用许多年来研究，相信彗星会在自己一百零二岁时再现。看过彗星以后他又活了一甲子，死时八十六岁，像一个放榜前殁世的考生，无从证实自己的成绩。那哈雷死时是怎样想的呢？我猜他的心情正像一个孩子，打算在圣诞夜彻夜不眠，好看到圣诞老公公如何滑下烟囱，放下礼物。然而他困了，撑不住了，兴奋消失，他开始模糊了，心里却是不甘心的，嘴里说着半真半呓的叮咛：

"父亲，等下圣诞老人来的时候，一定要叫我喔！我要摸摸他的胡子！"

哈雷说的话想来也类似：

"造物啊，我熬不住了，我要睡了，你帮我看好，好吗？十六年后它会来的，我先睡，你到时候要叫我一声哟！"

生当清平昌大之盛世，结交一时之俊彦如牛顿，能于切磋琢磨中发天地之微，知宇宙之数，哈雷的平生际遇也算幸运了。然而，肉体的贮瓶终于要面临大朽坏的——并不因其间贮注的是大智慧而有异，只是大限来时，他是否有憾呢？

寒星如一片冰心的冬夜，我反复自问：

哈雷生平到底看过彗星重现吗？若说看见了，他事实上在星现前十六年已经死了；若说未见，他却是见的，正如围棋高手早在几小时以前预见胜负，一步步行去的每一着履痕他们都有如亲睹。

大军事家、大政治家、大科学家都是在不见处先见、未明时先明的啊！

那么，我呢，我算不算看过那彗星的人呢？假设有盲者，站在凄凄长夜里，感知天空某一角落有灿然的光体如甩动的火把，算不算看到了呢？如果他倾耳辨听天河淙淙，如果他在安静中若闻哈雷的跳跃，像一只河畔的蚱蜢蹦去又蹦回，他算不算看到了呢？而我，当我在金牛座昴星团中寻它，当我在白羊座和双鱼座中寻它千百度思它千百度，我算不算看到它了呢？在无所视无所听无所触无所嗅的隔离中，我们可以仅仅凭信心念力去承认去体会身在云后的它吗？

九　我已践约

又一颗流星划过天空，天空割裂，但立刻拢合，造物的大诡秘仍然不得窥见。这不知名的星从此化为光尘，也许最后剩一小块陨石，落到地球上，被人捡起，放在陈列室里，像一部写坏了的爱情小说，光华消失，飞腾不见，只留下硬硬的纹理。

夜空有千亩神话万顷传奇，有流星表演的冰上芭蕾——万古乾坤只在此半秒钟演出。以此肉身、以此肉眼来面对他们，这种不公平的对决总使我心情大乱，悲喜无常。哈雷会来吗？原谅我的急躁。我和男孩有缘得窥七十六年一临的奇景吗？如果能，我为此感激；如果不能，让我感激朝朝来临的太阳，月月重圆的月亮，以及至七夕最凄丽的织女，于冬月亦明艳的猎户。我已践约，今夜，以及此生，哈雷也没有失约，但云横雾亘，我不能表示异议。

如果我不曾谢恩，此刻，为茫茫大荒中一小块荷花缸旁的立脚位置，为犹明的双眸，为未熄的渴望，为身旁高大的教我看星的男孩，为能见到的以及未能见到的，为能拥有的以及不能拥有的，为悲为喜，为悟为未悟，为已度的和未度的岁月，我，正式致谢。

地　篇

据说，古时的地字，是用两个土字为基本结构，而土字写作"♀"。猛一看，忍不住怦然心跳，差不多觉得仓颉造了个"有声音效果的字"，仿佛间只见宇宙洪荒，天地濛涌，一片又小又翠的叶子中气十足，嘭的一声蹿出地面，人类吓了一跳，从此知道什么叫土地。

《尔雅》——一本最古老的字典——上面说："地，底也，其体底下载万物也。"看着，看着，开始不服气起来，分明是一本文字学的书嘛，怎么会如此像诗，把地说成最低最低的万物承载的摇篮，把地说成了人类的"底子"，世上还有比这更好的解释吗？

终于想通了，文字学家和诗人是一种人，一种叽叽呱呱跟在造物身后不停地指手画脚，企图努力向人解释的人。

在中国语言里，大地不但是有生命的，而且有的还非常具体。

譬如说"地毛"，地竟被看作是毛发青盛的，地难道是一个肌肤实突的少年男子吗？而"地毛"指的是一些"莎草"。下一次，等我行过草原，我要好好地看一下大地的汗毛。

地也有耳，"地耳"指的是一种菌类，大略和木耳相似吧？大地的耳朵，它倚侧着想听些什么呢？是星辰的对位，还是风水的和弦？

吃木耳的时候，我想我吃下了许多神秘的声音。

另外有一种松茸、圆圆的叫"地肾"，奇怪，大地可以不断地捐赠肾而长出新的来。

有一种红色的茜草叫作"地血"，传说是人血所化生，想起来悚怖中又有不自禁的好奇和期待。有一天，竟会有一株茜草是另一种版本的我，属于我的那株茜草会是怎样的红？殷忧的浓红？浪漫的水红？郁愤的紫红？沉实的棕红？抑是历历不忘的斑红？孰为我？我为孰？真令人取决不下。

"地肺"是什么？有时候指的是山，有时候指的是水中的浮岛。在江苏、在河南、在陕西，都有地方叫"地肺"，不管是以山或以岛为肺叶，吐纳起来都是很过瘾的吧？

"地骨"同时指石头和枸杞，把石头算作骨骼是很合理的，两者一般的嵚崎磊落。喜欢石头的人都可以把自己看作"摸骨专家"，可以仔细摸一摸大地的支架。可是把枸杞认作"地骨"却不免令人惊奇，想来石头作"地骨"取的是"写实派"手法，枸杞作"地骨"应是"象征派"手法。枸杞是一种红色颗粒的补药，大概服食后可以让人拥有大地一般的体魄吧！枸杞也叫"地筋"，不管是"大地之筋"或"大地之骨"，我总是宁可信其有。

"地脂"是一篇道家的故事，据说有人偶然遇见，偶然试擦在一位老人的脸上，老人的皱纹顿时平滑如少年。世上有多少青春等待唤回，昨夜微霜初渡河，今晨的秋风里凋了多少青发？我们到何处去寻故事中的"地脂"呢？

"地脉"指的是河流，想来必是黄河动脉、长江静脉吧？至于那些夹荷带柳的小溪应该是细致的微血管了。这样看来喜马拉雅真该是大地的心脏了，多少血脉附生在它身上！只是有时想来又令人不平，如果河川是血脉，血脉可不可以是河流呢？侧耳听处，哪一带是黄河冰澌？哪一带是钱塘浙潮？究竟是人在江湖，还是江湖在人？今宵可否煮一壶酒，于血波沸扬处听故园的五湖三江？

　　"地脊"几乎是一则给小孩猜的谜语，一看就知道是指山。山是多峥嵘秀拔的一副脊椎骨啊！永不风湿、永不发炎地挺在那里，是有所承当、有所负载的脊梁。

　　地也有嘴，"地喙"指的是深渊，听说西域龟兹国的音乐是君臣静坐于高山深谷之际，听松涛相激，动静相生，虚实相荡而来。如果山是竹管，深渊便是凿陷的孔，音乐便在竹管的"有"与孔穴的"无"之间流泻出来。如果深渊是大地之口，那该是一张启发了人间音乐的口。

　　所有的民族都毫无选择地必须敬爱大地，但在语汇里使大地有血脉有骨肉，有口有耳有脊骨的，恐怕只有中国人吧。大地的众子中如果说我们中国人最爱她，应该并不为过吧!

除了在语言里把大地看作有位格有肢体的对象,其他中国语言里令人称奇的跟大地有关的语汇也说它不完!

"地味"两字令人引颈以待,急着想知道究竟说的是什么。原来是指天地初生,地涌清泉的那份甘冽,听来令人焦灼艳羡,恨不得身当其时,可以贪心连捞它三把,一掬盥面,一掬餍渴,一掬清心。

"地丁"也颇费猜,千想万想却没想到居然是指野花蒲公英,真是好玩。"地丁"是什么意思?写《本草纲目》的李时珍也说不清楚,我只好将之解释为大地的小守卫兵,每年看到蒲公英,我忍不住窃然自喜,和它们相对瞬目:"喂!我知道你是谁,你们这些又忠心又漂亮的小卫兵,你们交班交得多么好看,你们把大地守卫得多么周密,你们是唯一没有刀没有枪的小地丁。"那些家伙在阳光下显出好看的金头盔,却假装没听见我说话,对了,我不该去逗它们的,它们正在正正经经地站岗呢!

"地珊瑚"其实就是藤,算来该是一种绿色种的变色珊瑚了。世上的好事好物太多,有时不免把词章家搞糊涂了,不知该用什么去形容什么，应该说"好风如水"呢，还是该说"好水如风"呢？应该说"人面如花"呢，还是说"花似人面"呢？"江山如画"和"画如真山真水"哪一个更真切？而我一眼看到"地珊瑚"虽觉清机妙趣盈眉而来，却也不免跃跃然想去叫珊瑚一声"海藤"。

"地龙子"指的是蚯蚓，听来令人简直要扑哧一笑，那么小小的蠕虫，哪能担上那么大的龙的名头！但仔细一想，倒觉得"地龙子"比天龙可爱踏实多了。谁曾看过天龙呢？地龙却是人人看过的，人生一世果能土里来土里去像一条蚯蚓，不见得就比云里来雨里去的龙为差。蚯蚓又叫"地蝉"，这家伙居然又善鸣，不太能想象一只像植物一样活在泥土里的动物怎么开口唱歌。可是每次在乡下空而静的黄昏，大地便是一棵无所不载的巨树，响亮的鸣声单纯地传来，乍然一听，只觉土地也在悠悠唱起开天辟地的老话头来。

"地行仙"常常是老寿星的美称，仙人中也许就该数这种仙人最幸福，餐霞饮露何如餐谷饮水？第一次看一位长辈写"天马行地"四个字，立觉心折。俗话常说"云泥之别"，其实云不管多高多白，终有一天会脱胎成雨水，会重入尘寰，会委身泥土而浑然为一。求仙是可以的，但是，就做这种仙吧！

"地货"是商业上的名词，一切的蔬菜、水果、萝卜、山芋、荸荠全在内，我有时想开一家地货行，坐拥南瓜的赤金、菜瓜的翡翠以及茄子的紫晶，门口用敦敦实实的颜体写上"地货行"三个大字——想着想着，事情就开始实在而具体起来，仿佛已看见顾客伸手去试敲一只大西瓜，而另一个正在捏着一只吹弹得破的柿子，急得我快要失口叫了起来。

"地听"一词是个不可思议的军事行动，办法是先掘一个深深的坑，另外再准备一个土瓮，瓮用薄皮封了口，看来有点像鼓。人抱着这种"鼓瓮"躲在地坑里，敌人如果想挖地道来袭，瓮就会发出声音。这虽然是战争的故事、生死交关的情节，可是听来却诗意盎然。又有一种用皮做的"胡禄"，人躺在地下把它当枕头枕着，也可以远远听到行军之声。大地到底怎么回事？怎么会有这么多神奇？

"舆地"两字是童话也是哲学，中国人一向有"天为盖，地以载"的观念，大地是用来载人的。但是，哪一种载法呢？中国人选择了"车子"的形象，大地一下子变成一辆娃娃车，载着历世历代的人类，在茫茫宇宙中稳然前行。我想到神往处，恨不得纵身云外，把这可爱的、以万木为流苏、以千花为璎珞的娃娃车（而且是球形的，像灰姑娘赴王子晚宴所乘的那一辆），好好地看个饱。

"地银"指的是月光下闪亮发光的河流，"地镜"也类同，指湖泊水塘。生平不耐烦对镜，也许大千世界有太多可观可叹可喜可鸩之景，总觉对镜自赏是件荒谬的事。但有一天，当我年老，我会静静地找到一方镶满芳草的泽畔，低下头来，梳我斑白的头发，在水纹里数我的额纹。那时候，我会看见云来雁往，我会看见枯荷变成莲蓬，莲子复变成明夏新叶，我会怔怔然地望着大地之镜，求天地之神容许我在这一番大鉴照中看见自己小小如戏景的一生，人生不对镜则已，要对，就要对这种将朝霞夕岚岁月年华一并映照的无边无际的大镜。

诗　课

花开花落僧贫富，云去云来客往还。

各位同学：

黑板上写的一副郑板桥的对子，是他为一所寺庙题的。可是这副对子是什么意思呢？谁能回答我？好，这个同学，你说："花开了，花落了，僧人有时候有钱，有时候又穷了。云来了，云去了，客人有时候来，有时候又走了。"

你们大家想，这样的解释对不对呢？还有没有人有别的意见？好，你说：

"花开花落是无常的，正如僧人时贫时富。云来云往也不一定，就像客人来去无凭。"

这样算不算解释了这副对联？不，这副联还没有解出来。其实，中国韵文的句子因为短，有时候不免很简略，简略到一般人不容易看懂的地步。下面我稍微揭示一下，相信你们就会懂。这句子应该这样说：

　　住在寺中的僧人啊

　　也有他暴富和赤贫的时候

　　每季花开，他简直富裕得像暴发户

　　但是花一萎谢，他又一无所有了

　　至于他的交游对象呢

　　喔，他倒是有一群叫云的好朋友呢

　　云来云去也就是好友的一番酬酢应对了

从句法上来说，如果我们把原句再加一两个字，变成像散文一样，就很容易明白了：

　　花开花落乃是僧之贫富，云去云来可谓客之往还。

但是诗句宜简洁，只能靠自己去体会，不能像散文说得那么清楚。

可是说到这里，郑板桥的句子是不是十分清楚了呢？还不然。如果真要懂得这个句子，还应该对古人其他的诗文稍稍了解一些才好。事实上，把云雾和山僧野叟写在一起，是中国诗人非常喜欢的做法；至于把花跟钱联想到一起，也是中国诗人非常雅致的尝试。例如宋朝诗人杨万里就有一首题为《戏笔》的诗：

野菊荒苔各铸钱，金黄铜绿两争妍。

天公支予穷诗客，只买清愁不买田。

多么可爱的一首小诗，翻成现代诗也挺不错：

秋天来了

野菊花和青苔各自开起铸币厂来啦

野菊负责铸艳黄色的金币

青苔制造的却是生了绿锈的铜币

大把的铜币和金币就如此撒满了秋原，彼此竞艳啊

这种钱是上帝送给穷诗人的

但拥有这堆钱币的诗人买到了什么呢

他只买到秋来的清愁

而不曾买到房地产

另外元曲里"又不颠，又不仙，拾得榆钱当酒钱"的句子也饶有趣味。榆钱其实是榆树的种子，春天里会"舞困榆钱自落"。在北方，春荒的时候，穷人把榆钱拌些面粉蒸来吃。由于它圆圆的，的确像钱币，所以人人都叫它榆钱。刚才那首散曲说得很动人：

> 如果我疯癫了
>
> 那么当然可以拿榆钱付酒钱
>
> 如果我成了仙了
>
> 一点指之间榆钱自可化金币
>
> 但现在我是个常人
>
> 居然也糊里糊涂从口袋里掏出一枚榆钱
>
> 自以为是钱币就要去付酒钱了呢

这样看来，把花木和钱联想在一起，倒也是个很有渊源、很有来历的想法呢！

至于云呢，由于中国山区地带湿度比较大，所以中国的山景在情境上和欧洲的山景是不同的。瑞士的山景，由于气候晴爽，线条刚烈清晰，中国的山却是云来雾往、烟锁岚封的。国画里的山每每在虚无缥缈间躲迷藏。如果你游过这样的山，如果你看过这样的国画，再来了解郑板桥的句子，就一点儿也不难了。

唐诗"松下问童子，言师采药去。只在此山中，云深不知处"应该是大家熟悉的。另外还有一首唐代僧人所写的七绝，应该更能表达这种情感：

万松岭上一间屋，老僧半间云半间。
三更云去作行雨，回头方羡老僧闲。

这首诗真不得了，老僧和云之间简直成了Roommate（指同租一间房的"室友"）了。中国诗里一向把人云的关系写得很亲密。

了解这一点，郑板桥的联句虽然别致新鲜，倒也非常隶属传统的诗情。

解释一个联句，我们竟花了半小时。其实，我说得还不够多，应该还要再说它的平仄声调才对。花一小时讲两句对联绝不过分，但是今天到此为止。我只希望你们了解，小小的一句诗也是包藏着层层诗心的啊！不要轻易忽略过去，好好地读一遍读两遍读三遍，慢慢体会它，它会报偿你，向你展示它繁复多叠的美丽。

后记：这是我的一堂演讲的记录稿，由于敝帚自珍的心情而保留下来了。

错　误

——中国故事常见的开端

　　在中国，错误不见得是一件坏事，诗人愁予有首诗，题目就叫《错误》，末段那句"我达达的马蹄是美丽的错误"四十年来像一支名笛，不知被多少嘴唇呜然吹响。

　　《三国志》里记载周瑜雅擅音律，即使酒后也仍然可以轻易辨出乐工的错误。当时民间有首歌谣唱道："曲有误，周郎顾"，后世诗人多事，故意翻写了两句："欲使周郎顾，时时误拂弦"，真是无限机趣，描述弹琴的女孩贪看周郎的眉目，故意多弹错几个音，害他频频回首，风流俊赏的周郎哪里料到自己竟中了弹琴素手甜蜜的机关。

　　在中国，故事里的错误也仿佛是那弹琴女子在略施巧计，是善意而美丽的——想想如果不错它几个音，又焉能赚得你的回眸呢？错误，对中国故事而言有时几乎成为必须了。如果你看到《花田错》《风筝误》或《误入桃源》这样的戏目，不要觉得古怪，如果不错它一错，哪来的故事呢！

有位德国戏剧家布莱希特写过一出《高加索灰阑记》，不但取了中国故事作蓝本，学了中国评剧表演方式，到最后，连那判案的法官也十分中国化了。他故意把两起案子误判，反而救了两起婚姻，真是彻底中式的误打误撞而自成佳境。

身为一个中国读者或观众，虽然不免训练有素，但在说书人的梨花简嗒然一声敲响或书页已尽正准备掩卷叹息的时候，不免悠悠想起，咦？怎么又来了，怎么一切的情节，都分明从一点点小错误开始？

我们先来说《红楼梦》吧，女娲炼石补天，偏偏炼了三万六千五百零一块。本来三万六千五百是个完整的数目，非常精准正确，可以刚刚补好残天。女娲既是神明，她心里其实是雪亮的，但她存心要让一向正确的自己错一次，她要把一向精明的手段错它一点。"正确"，应只是对工作的要求，"错误"，才是她乐于留给自己的一道难题，她要看看那块多余的石头，究竟会怎么样往返人世，出入虚实，并且历经情劫。

就是这一点点的谬错，于是大荒山无稽崖青埂峰下，便有了一块顽石，而由于有了这块顽石，又牵出了日后的通灵宝玉。

整一部《红楼梦》，原来恰恰只是数学上三万六千五百分之一的差误而滑移出来的轨迹，并且逐步演化出一串荒唐幽渺的情节。世上的错误往往不美丽，而美丽又每每不错误，唯独运气好碰上"美丽的错误"才可以生发出歌哭交感的故事。

《水浒传》楔子里的铸错则和希腊神话《潘多拉的盒子》有些类似，都是禁不住好奇，去窥探人类不该追究的奥秘。

但相较之下，洪太尉"揭封"又比潘多拉"开盒子"复杂得多。他走完了三清堂的右廊尽头，发现了一座奇特神秘的建筑：门缝上交叉贴着十几道封纸，上面高悬着"伏魔之殿"四个字，据说从唐朝以来八九代天师每一代都亲自再贴一层封条，锁孔里还灌了铜汁。洪太尉禁不住引诱，竟打烂了锁，撕了封条，踢倒大门，撞进去掘起石碣，搬走石龟，最后又扛起一丈见方的大青石板，这才看到下面原来是万丈深渊。刹那间，黑烟上腾，散成金光，激射而出。仅此一念之差，他放走了三十六座天罡星和七十二座地煞星，合共一百零八个魔王……

《水浒传》里一百零八个好汉便是这样来的。

那一番莽撞，不意冥冥中竟也暗合天道，早在天师的掐指计算中——中国故事至终总会在混乱无序里找到秩序。这一百零八个好汉毕竟曾使荒凉的年代有一腔热血，给邪曲的世道一副直心肠。中国的历史当然不该少了尧舜孔孟，但如果不是洪太尉伏魔殿那一搅和，我们就要失掉夜奔的林冲或醉打出山门的鲁智深，想来那也是怪可惜的呢！

洪太尉的胡闹恰似顽童推倒供桌，把袅袅烟雾中的时鲜瓜果散落一地，遂令天界的清供化成人间童子的零食。两相比照，我倒宁可看到洪太尉触犯天机，因为没有错误就没有故事——而没有故事的人生可怎么忍受呢？

一部《镜花缘》又是怎么样的来由？说来也是因为百花仙子犯了一点小小的行政上的错误，因此便有了众位花仙贬入凡尘的情节。犯了错，并且以长长的一生去弥补，这其实也正是大部分的人间故事吧！

也许由于是农业社会，我们的故事里充满了对四时以及对风霜雨露的时序的尊重。《西游记》里的那个老龙王为了跟人打赌，故意把下雨的时间延后两小时，把雨量减少三寸零八点，其结果竟是惨遭斩头。不过，龙王是男性，追究起责任来动用的是刑法，未免无情。说起来女性仙子的命运好多了，中国仙界的女权向来相当高涨，除了王母娘娘是仙界的铁娘子以外，众女仙也各司要职。像百花仙子担任的便是最美丽的任务。后来因为访友下棋未归，下达命令的系统弄乱了，众花在雪夜奉人间女皇帝之命提前齐开。这一番"美丽的错误"引致一种中国仙界颇为流行的惩罚方式——贬入凡尘。这种做了人的仙即所谓"谪仙"（李白就曾被人怀疑是这种身份）。好在她们的刑罚与龙王大不相同，否则如果也砍杀百花之头，一片红紫狼藉，岂不伤心！

百花既入凡尘，一个个身世当然不同，她们姚佻美丽，不苟流俗，各自跨步走向属于她们自己的那一番人世历程。

这一段美丽的错误和美丽的罚法都好得令人艳羡称奇！

从比较文学的观点看来，有人以为中国故事里往往缺少叛逆英雄。像宙斯那样弑父自立的神明，像雅典娜，必须拿斧头砍开父亲脑袋自己才跳得出来的女神，在中国是不作兴的。就算捣蛋精的哪吒太子，一旦与父亲冲突，也万不敢"叛逆"，他只能"剔骨剜肉"以还父母罢了。中国的故事总是从一个小小的错误开端，诸如多炼了一块石头，失手打了一件琉璃盏，太早揭开坛子上有法力的封口（关公因此早产，并且终身有一张胎儿似的红脸）。不是叛

180

逆，是可以谅解的小过小犯，是失手，是大意，是一时兴起或一时失察。"叛逆"太强烈，那不是中国方式。中国故事只有"错"，"错"这个字既是"错误"之错，也是"交错"之错，交错不是什么严重的事，只是两人或两事交互的作用——在人与人的盘根错节间就算是错也不怎么样。像百花仙子，待历经尘劫回来，依旧是仙，仍旧冰清玉洁馥馥郁郁，仍然像掌理军机令一样准确地依时开花。就算在受刑期间，那也是一场美丽的受罚，她们是人间女儿，兰心蕙质，生当大唐盛世，个个"纵其才而横其艳"，直令千古以下，回首乍望的我忍不住意飞神驰。

年轻，有许多好处，其中最足以傲视人者莫过于"有本钱去错"。年轻人犯错，你总得担待他三分——

有一次，我给学生定了作业，要他们每人念几十首诗，录在录音带上交来。有的学生念得极好，有的又念又唱，极为精彩，有的却有口无心。苏东坡的"一年好景君须记，最是橙黄橘绿时"，不知怎么回事，有好几个学生念成"一年好景须君记"，我听了，一面摇头莞尔，一面觉得也罢，苏东坡大约也不会太生气。本来的句子是"请你要记得这些好景致"，现在变成了"好景致得要你这种人来记"，这种错法反而更见朋友之间相知相重之情了。好景年年有，但是，得要有好人物来记才行呀！你，就是那可以去记住天地岁华美好面的我的朋友啊！

有时候念错的诗也自有天机欲泄，也自有密码可索，只要你有一颗肯接纳的心。

在中国，那些小小的差误，那些无心的过失，都有如偏离大道以后的岔路。岔路亦自有其可观的风景，"曲径"似乎反而理直气壮地可以"通幽"。错有错着，生命和人世在其严厉的大制约和惨烈的大叛逆之外，也何妨采中国式的小差错、小谬误或小小的不精确。让岔路可以是另一条大路的起点，容错误是中国式故事里急转直下的美丽情节。

玉　想

一　只是美丽起来的石头

一向不喜欢宝石——最近却悄悄地喜欢了玉。

宝石是西方的产物，一块钻石，割成几千几百个"割切面"，光线就从那里面激射而出，挟势凌厉，美得几乎具有侵略性，使我不由得不提防起来。我知道自己无法跟它的凶悍逼人相垺，不过至少可以决定"我不喜欢它"。让它在英女王的王冠上闪烁，让它在展览会上伴以投射灯和响尾蛇（防盗用）展出，我不喜欢，总可以吧！

玉不同，玉是温柔的，早期的字书解释玉，也只是说："玉，石之美者。"原来玉也只是石，是许多混沌的生命中忽然脱颖而出的那一点灵光。正如许多孩子在夏夜的庭院里听老人讲古，忽有一个因洪秀全的故事而兴天下之想，遂有了孙中山。所谓伟人，其实只是在游戏场中忽有所悟的那个孩子。所谓玉，只是在时间的广场上因自在玩耍竟而得道的石头。

二　克拉之外

钻石是有价的，一克拉一克拉地算，像超级市场的猪肉，一块块皆有其中规中矩称出来的标价。

玉是无价的，根本就没有可以计值的单位。钻石像谋职，把学历经历乃至成绩单上的分数一一开列出来，以便叙位核薪。玉则像爱情，一个女子能赢得多少爱情完全视对方为她着迷的程度，其间并没有太多法则可循。以撒辛格（诺贝尔奖得主）说："文学像女人，别人为什么喜欢她以及为什么不喜欢她的原因，她自己也不知道。"其实，玉当然也有其客观标准，它的硬度，它的晶莹、柔润、缜密、纯全和刻工都可以讨论，只是论玉论到最后关头，竟只剩"喜欢"两字，而"喜欢"是无价的，你买的不是克拉的计价而是自己珍重的心情。

三　不须镶嵌

钻石不能佩戴，除非经过镶嵌，镶嵌当然也是一种艺术。而玉呢？玉也可以镶嵌，不过却不免显得"多此一举"，玉是可以直接做成戒指、镯子和簪笄的。至于玉坠、玉佩所需要的也只是一根丝绳的编结，用一段千回百绕的纠缠盘结来系住胸前或腰间的那一点沉实，要比金属般冷冷硬硬的镶嵌好吧？

不佩戴的玉也是好的，玉可以把玩，可以作小器具，可以作既可卑微地去搔痒、亦可用以象征宝贵吉祥的"如意"，可作用以祀天的璧，亦可作示绝的玦。我想做个玉匠大概比钻石割切人兴奋快乐，玉的世界要大得多繁富得多，玉是既入于生活也出于生活的，玉是名士美人，可以相与出尘，玉亦是柴米夫妻，可以居家过日。

四　生死以之

一个人活着的时候，全世界跟他一起活——但一个人死的时候，谁来陪他一起死呢？

中古世纪有出质朴简直的古剧叫《人人》（*Every Man*），

死神找到那位名叫人人的主角，告诉他死期已至，不能宽贷，却准他结伴同行。人人找"美貌"，"美貌"不肯跟他去，人人找"知识"，"知识"也无意到墓穴里去相陪，人人找"亲情"，"亲情"也顾他不得……

世间万物，只有人类在死亡的时候需要陪葬品吧？其原因也无非由于怕孤寂，活人殉葬太残忍，连土俑殉葬也有些居心不仁，但死亡又是如此幽阒陌生的一条路。如果待嫁的女子需要"陪嫁"来肯定来系连她前半生的娘家岁月，则等待远行的黄泉客何尝不需要"陪葬"来凭借来思忆世上的年华呢？

陪葬物里最缠绵的东西或许便是玉琀蝉了，蝉色半透明，比真实的蝉为薄，向例是含在死者的口中，成为最后的、一句没有声音的语言。那句话在说：

"今天，我入土，像蝉的幼虫一样，不要悲伤，这不叫死，有一天，生命会复活，会展翅，会如夏日出土的鸣蝉……"

那究竟是生者安慰死者而塞入的一句话？抑是死者安慰生者而含着的一句话？如果那是愿心，算不算狂妄的侈愿？如果那是谎言，算不算美丽的谎言？我不知道，只知道玉琀蝉那半透明的豆青或土褐色仿佛是由生入死的薄膜，又恍惚是由死返生的符信，但生生死死的事岂是我这样的凡间女子所能参破的？且在这落雨的下午俯首凝视这枚佩在自己胸前的被烈焰般的红丝线所穿结的玉玲蝉吧！

五　玉肆

我在玉肆中走，忽然看到一块像蛀木又像土块的东西，仿佛一张枯涩凝止的悲容，我驻足良久，问道：

"这是一种什么玉？多少钱？"

"你懂不懂玉？"老板的神色间颇有一种抑制过的傲慢。

"不懂。"

"不懂就不要问！我的玉只卖给懂的人。"

我应该生气应该跟他激辩一场的，但不知为什么，近年来碰到类似的场面倒宁可笑笑走开。我虽然不喜欢他的态度，但相较而言，我更不喜欢争辩，尤其痛恨学校里"奥瑞根式"的辩论比赛，一句一句逼着人追问，简直不像人类的对话，嚣张狂肆到极点。

不懂玉就不该买不该问吗？世间识货的又有几人？孔子一生，也没把自己那块美玉成功地推销出去。《水浒传》里的阮小七说："一腔热血，只要卖与识货的！"但谁又是热血的识货买主？连圣贤的光焰，好汉的热血也都难以倾销，几块玉又算什么？不懂玉就不准买玉，不懂人生的人岂不没有权利活下去了？

当然，玉肆老板大约也不是什么坏人，只是一个除了玉的知识找不出其他可以自豪之处的人吧？

然而，这件事真的很遗憾吗？也不尽然，如果那天我碰到的是个善良的老板，他可能会为我详细解说，我可能心念一动便买下那块玉，只是，果真如此又如何呢？它会成为我的小古玩。但此刻，它是我的一点憾意，一段未圆的梦，一份既未开始当然也就不致结束的情缘。

隔着这许多年，如果今天那玉肆的老板再问我一次是否识玉，我想我仍会回答不懂，懂太难，能疼惜宝重也就够了。何况能懂就能爱吗？在竞选中互相中伤的政敌其实不是彼此十分了解吗？当然，如果情绪高昂，我也许会塞给他一张从《说文解字》抄下来的字条：

玉，石之美。

有五德：润泽以温，仁之方也；

鰓理自外，可以知中，义之方也；

其声舒扬，专以远闻，智之方也；

不桡而折，勇之方也；

锐廉而不刿，洁之方也。

然而，对爱玉的人而言，连那一番大声镗鞳的理由也是多余的。爱玉这件事几乎可以单纯到不知不识而只是一团简简单单的欢喜，像婴儿喜欢清风拂面的感觉，是不必先研究气流风向的。

六　瑕

付钱的时候，小贩又重复了一次：

"我卖你这玛瑙，再便宜不过了。"

我笑笑，没说话，他以为我不信，又加上一句：

"真的——不过这么便宜也有个缘故。你猜为什么？"

"我知道，它有斑点。"本来不想提的，被他一逼，只好说了，免得他一直啰唆。

"哎呀，原来你看出来了，玉石这种东西有斑点就差了，这串项链如果没有瑕疵，哇，那价钱就不得了啦！"

我取了项链，尽快走开。有些话，我只愿意在无人处小心地，断断续续地，有一搭没一搭地说给自己听。

对于这串有斑点的玛瑙，我怎么可能看不出来呢？它的斑痕如此清清楚楚。

然而买这样一串项链是出于一个女子小小的侠气吧，凭什么要说有斑点的东西不好？水晶里不是就有一种叫

"发晶"的种类吗？虎有纹，豹有斑，有谁嫌弃过它们的皮毛不够纯色？

就算退一步说，把这斑纹算瑕疵，世间能把瑕疵如此坦然相呈的人也不多吧？凡是可以坦然相见的缺点都不该算缺点的。纯全完美的东西是神器，可供膜拜。但站在一个女人的观点来看，男人和孩子之所以可爱，正是由于他们那些一清二楚的无所掩饰的小缺点吧？就连一个人对自己本身的接纳和纵容，不也是看准了自己的种种小毛病而一笑置之吗？

所有的无瑕是一样的——因为全是百分之百的纯洁透明，但瑕疵斑点却面目各自不同。有的斑痕像苔藓数点，有的是砂岸逶迤，有的是孤云独去，更有的是铁索横江，玩味起来，反而令人欣然心喜。想起平生好友，也是如此，如果不能知道一两件对方的糗事，不能有一两件可笑可嘲可詈可骂之事彼此打趣，友谊恐怕也会变得空洞吧？

有时独坐细味"瑕"字，也觉悠然意远，瑕字左边是玉旁，是先有玉才有瑕的啊！正如先有美人，而后才有"美人痣"，先有英雄，而后有悲剧英雄的缺陷性格。缺憾必须依附于完美，独存的缺憾岂有美丽可言。天残地缺，是因为天地都如此美好，才容得修地补天的改造的涂痕。一个"坏孩子"之所以可爱，不也正因为他在撒娇撒赖蛮不讲理之外，有属于一个孩童近乎神明的纯洁了直吗？

瑕的右边是叚，叚有赤红色的意思，瑕的解释是"玉小赤"。我也喜欢瑕字的声音，自有一种坦然的不遮不掩的亮烈。

完美是难以冀求的，那么，在现实的人生里，请给我有瑕的真玉，而不是无瑕的伪玉。

七　唯一

据说，世间没有两块相同的玉——我相信，雕玉的人岂肯去重复别人的创制。

所以，属于我的这一块，无论贵贱精粗都是天地间独一无二的。我因而疼爱它，珍惜这一场缘分，世上好玉万千，我却恰好遇见这块，世上爱玉人亦有万千，它却偏偏遇见我，但我们之间的聚会，也只是五十年吧？上一个佩玉的人是谁呢？有些事是既不能去想更不能嫉妒的，只能安安分分珍惜这匆匆的相属相连的岁月。

八　活

佩玉的人总相信玉是活的，他们说：

"玉要戴，戴戴就活起来了哩！"

这样的话是真的吗？抑或只是传说臆想？

我不知道自己能不能把一块玉戴活，这是需要时间才能证明的事，也许几十年的肌肤相亲，真可以使玉重新有血脉和呼吸。但如果奇迹是可祈求的，我愿意首先活过来的是我，我的清洁质地，我的致密坚实，我的莹秀温润，我的斐然纹理，我的清声远扬。如果玉可以因人的佩戴而复活，也让人因佩玉而复活吧，让每一时每一刻的我莹彩暖暖，如冬日清晨的半窗阳光。

九 石器时代的怀古

把人和玉，玉和人交织成一的神话是《红楼梦》，它也叫《石头记》，在补天的石头群里，主角是那三万六千五百零一块多出的一块，天长日久，竟成了通灵宝玉，注定要来人间历经一场情劫。

他的对方则是那似曾相识的绛珠仙草。

那玉，是男子的象征，是对于整个石器时代的怀古。那草，是女子的表记，是对榛榛莽莽洪荒森林的思忆。

静安先生释《红楼梦》中的"玉"，说"玉"即"欲"，大约也不算错吧？《红楼梦》中含"玉"字的名字总有其不凡的主人，像宝玉、黛玉、妙玉、红玉，都各自有他们不同的人生欲求。只是那"欲"似乎可以解作英文里的Want，是一种不安、一种需索，是不知所从的缠绵，是最快乐之时的凄凉、最完满之际的缺憾，是自己也不明白所以的惴惴，是想挽住整个春光留下所有桃花的贪心，是大彻大悟与大栈恋之间的摆荡。

神话世界每每是既富丽而又高寒的，所以神话人物总要找一件道具或伴当相从，设若龙不吐珠，嫦娥没有玉兔，李聃失了青牛，果老走了肯让人倒骑的驴或是麻姑少了仙桃，孙悟空缴回金箍棒，那神话人物真不知如何施展身手了——贾宝玉如果没有那块玉，也只能做美国童话《绿野仙踪》里的"无心人"奥迪斯。

"人非木石，孰能无情"，说这话的人只看到事情的表象，木石世界的深情大义又岂是我们凡人所能尽知的。

十　玉楼

如果你想知道钻石，世上有宝石学校可读，有证书可以证明你的鉴定力。但如果你想知道玉，且安安静静地做你自己，并且从肤发的温润、关节的玲珑、眼目的清澈、意志的凝聚、言笑的清朗中去认知玉吧！玉即是我，所谓文明其实亦即由石入玉的历程，亦即由血肉之躯成为"人"的史页。

道家以目为银海，以肩为玉楼，想来仙家玉楼连云也不及人间一肩可担道义的肩胛骨为贵吧？爱玉之极，恐怕也只是反身自重吧？

炎方的救赎

——读汤显祖《牡丹亭》

自从在梦中遇见那温柔的男子，杜丽娘忽然意识到自己生命里有所欠缺有所不足，而在遥远的炎方，却有郁勃蓊茂的生命正等待与她相遇。

凭依造化三分福，绍接诗书一脉香。

——《牡丹亭·第二出·言怀》

一　两组数字

1564—1616

1550—1616

上面这两组数字对你而言有什么意义呢？

前一组是英国剧作家莎士比亚的生卒年份，后一组是明朝汤显祖的。前者世人皆知，后者则可能连国人也不晓。

二　他们的坐标

"从前，很久很久以前，有一个国王……"

童话，常常是没头没脑的，闹不清是哪朝哪代的故事。而汤显祖的《牡丹亭》却正经八百地有其时空坐标。而且，几乎还附上男女主角DNA血统书。

故事的时代坐落在南宋，地点在江西省的南安太守第。这汤显祖有一点点自私，这么美丽的故事情节，他舍不得让它发生在别的地方，便让它发生在自己的故乡。不同的是汤显祖是临川人，临川属于江西北部，南安属于江西南部，这两个地方的距离大约有一个台湾那么长。至于女主角杜丽娘，她的父系祖先是杜甫，母亲则是甄后的后代。至于男主角呢，是柳宗元的后裔。男主角另有一位姓韩的朋友，他是韩愈之后。更奇的是，当年柳宗元笔下有位郭驼，他是位驼背园丁，他们家族从唐朝驼到宋朝，世代都驼，也都做园丁，且世代在柳家做园丁，柳家去了岭外，郭驼也追随而去。

其实，整部《牡丹亭》里的人物都在"重生"。杜家重生，柳家重生，韩家重生，甄家重生，郭家重生……借着后代，孳衍不息。所以，杜丽娘能重生，好像并不奇特。

大部分读《牡丹亭》的人会被杜丽娘的"死忠"（真的是以死来忠）吓到，忍不住为她的专致钟情而泪下。但我读《牡丹亭》却为另两个字而痴迷，那两个字是：

炎方

这两个字出现在第二出柳梦梅一上场所念的诗句中：

寒儒偏喜住炎方。

我对"炎方"两字痴迷，是因为那两个字是"热带"的意思。而热带，不正是我自小被命运安排所一直定居的地方吗？

"炎方"两字并不是汤显祖叫出来的，它早就存在了，在唐诗里，有下面这样的句子：

柳宗元《南中荣橘柚》："橘柚怀贞质，受命此炎方。"

司空曙《送郑明府贬岭南》:"莫畏炎方久,年年雨露新。"

李绅《红蕉花》:"红蕉花样炎方识,瘴水溪边色最深。"

雍和《郊庙歌辞》:"昭昭丹陆,奕奕炎方。"

贾岛《送人南归》:"炎方饶胜事,此去莫蹉跎。"

贾岛《送人南游》:"蛮国人多富,炎方语不同。"

杜甫《夜宿西阁,晓呈元二十一曹长》:"衰年旅炎方,生意从此活。"

当然,提到炎方,也有说坏话的,例如:

沈佺期《赦到不得归题江上石》:"炎方谁谓广,地尽觉天低。"

卢纶《逢南中使因寄岭外故人》:"炎方难久客,为尔一沾襟。"

于鹄《送迁客》:"遍问炎方客,无人得白头。"

白居易《夏日与闲禅师林下避暑》:"每因毒暑悲亲故,多在炎方瘴海中。"

李白《古风》:"炎方难远行。"

对唐人而言，虽然广大的帝国版图早已延伸到丰美的南方，但南方仍是瘴疠之乡，它或许是美丽的，却和蛊惑和死亡和脚气病和卑湿……来联想。

然而，南方持续丰美。

长江在流，岷江在流，沅江资江湘水在流，漓江丽江在流，珠江在流，闽江在流……

南方持续丰美。

橘柚溢芬，荔枝传香。鲛人在月下泣珠，东海龙王忽然成了新任的财神，坐拥一切海上的资源。沈万三从家中的后门水巷出发，小船换大船，他便挺进天涯，比陶朱公走得更远，于是有人传说，他拥有聚宝盆。

南方持续丰美，海洋的蓝色暖流为黄河输血，南方持续丰美。

在汤显祖的笔下，杜甫的后代不再隶籍河南，杜丽娘为自己造像时说的是：

"如果我不为自己画一张像，有谁会知道会思念西蜀杜丽娘的美貌呢？"

她和她的父亲把杜甫一度流浪逃难的四川当作了新的故乡。

南方，南方持续丰美。

而柳梦梅，在祖先一度被贬的两广炎方，在记忆中遭诅咒的流放之地，在丰美的果园中他成长了。上场诗中他说：

凭依造化三分福，绍接诗书一脉香。

在遥远的南方，在阳光和花香的祝福下，文化被传承，梦想被认可，美丽的故事在酝酿，传说如风雷隐隐成形，神话刚裂地而出，旋即耸然入云。

于是他们各自站在他们的时空坐标，在最混乱的年代，当战争和流血侍立在身边，他们却各自坐落在自己的新故乡。他们没有依傍，有的只是春天里的一株灿如黄金的垂柳，或一树开疯了的梅花，以及一座不知"当今是谁家天下"的又荒凉又华美的园子。如果人间还有什么可依赖的话，恐怕也只像《欲望街车》中田纳西威廉借女主角说的：

"我总要信任陌生人的善意。"

对，到后来爱情成了最终的信仰，杜丽娘和柳梦梅，各自信任梦中初见的陌生情人的真意。

"噢，你也在这里吗?"

这是张爱玲形容乱世爱情的一句凄凉的话。世界纷扰，个人的命运可以由云端落入泥淖。但在某个春天，薄暮，某个身穿月白衫子的美丽女子，站在自家后门口，桃花开了，她手扶桃树。然后，男孩走来，跟她说了那句话。后来，命运将他们分开了，他们一世未曾再见面。但那三分钟，在她的生命里却已成永恒。直到晚年，她总是想起那黄昏，以及那与她惊喜相逢的男子，以及他说的：

"噢，你也在这里吗?"

杜丽娘、柳梦梅，他们交集在同一个时空坐标点上，他们是彼此梦中最美的幻象。

"噢，你也在这里吗?"

于是，他们相爱了。也许相逢，也许不相逢，也许局部相逢，这些都无碍于相爱。当有人爱上了某人，某人甚至不需要有名字，他的名字就叫作"我爱"。

三　然而，她在岭北，他在岭南

自从在梦中遇见那温柔的男子，杜丽娘忽然意识到自己生命里有所欠缺有所不足，而在遥远的炎方，却有郁勃蓊茂的生命正等待与她相遇。于是她渴望被点燃，被浸染，她渴望把自己解体并重组。

而柳梦梅也开始立即收拾行装，他知道自己必须出发，如鲑鱼之洄游，去探索他的原乡。如信徒之朝圣，如考古队走入岩穴，他知道这段旅程非去不可。在长期焦虑无望的等待之余，杜丽娘因渴望而死去。

柳梦梅却翻山越岭而来，在梅岭，他惊遇岭南的梅和岭北的梅，南梅先开，北梅后放，却同样洁白美丽。石砌的古道，砌成某种图案的属广东，越一步，另种图案，已是江西。跳过江西，就算中原地面了。

岭上天寒，柳梦梅一路行来，便病倒了。

曾经，柳梦梅在岭南，杜丽娘在岭北。然而，此刻，柳梦梅到了岭北，杜丽娘却已仙去。柳梦梅并不知道他失去了什么，他只知道自己莫名的失落。

柳梦梅病倒，这来自炎方的男子多么不惯北地的风霜啊！炎方持续丰美，而柳梦梅在大庾岭上，在梅关，彳亍前行。在这自古以来通南往北的大道，他想着，这里曾走过多少回溯者的脚步啊！

曾经，六祖惠能走过这条路，他要去的地方是湖北黄梅寺。那时他是多么年少啊，只因家贫，必须养老母，他砍了柴去卖。当他把柴担到旅店送给客人，而后恭敬地倒退着步子离开，忽然听到奇特的声音，他不知道那是什么，只知道如闻天音。山泉流过漱石，凉风吹过饱含明月的松林，也正是此声。这是什么？是诵经，有人告诉他。然而什么是"经"？五祖弘忍那里有经。五祖弘忍人在哪里？在岭北。要走几天可到？走三十几天。奈何我家有老母。我为你出十两银子安家，你去吧！于是那砍柴少年便一路直奔黄梅而去，成就后来一段大因缘……可是，惠能当年也为此梅花惊艳吗？他也坐此山石，为远方的神秘经书而气血翻涌吗？他会在寒风中思忆柔暖的炎方世界吗？

我，柳梦梅，今告诉亲朋我是为考试而来，经书我自有，然而我果真为科举而来吗？好像不是，我是为生命的奇遇而来，我为发生而来，我为回到先人的脚印而来。六祖惠能曾带着大喜悦、大惊讶攀此山涉此水，并终于带着大彻悟而归。我今越此大庾岭，跨此梅关，走此天堑，我何所求，生命又能何所求……

四　如果你呼叫我，我将跨越冥河而来

　　杜丽娘的肉体僵冷，静卧在老梅树下。杜丽娘的魂魄悠游，在花径的落英和苍苔间。

　　中原的大地肃穆庄凝，然而它沉沉睡去，如杜丽娘。也许怀着犹温的心，却不再能息视人间。

　　如果有人能斩开荆棘救回沉睡百年的睡美人公主，如果有人能循着昔日歌声的小径找到中毒的白雪公主，并且将之唤醒，那么，有人能唤回杜丽娘如唤回一整个民族的生命力吗？

　　炎方，丰美的南国，会是肃穆庄凝的后土的救赎吗？柳梦梅来了，然而柳梦梅感了风寒，曾经是河东（今山西）人士的柳家，如今是岭南人了，岭南人受不了岭北的风雪，至少一时之间受不了。

　　啊！岭南，曾经是河北人之子的六祖惠能，因为父亲遭贬岭南，而终于被人看成岭南人了。出身河东柳家的柳梦梅，如今也是岭南之人。后世还会有个岭南人孙中山，他们都是一些努力去叫醒别人的人。

　　救赎，会自南方来吗？英雄，会自炎方来吗？那丰美

的南方。当时汤显祖不太了解台湾,他的地理认知到岭南而止。但有一件事他却不知不觉说对了,炎方是救赎,丰美的南方是救赎,救赎的英雄也来自南方,与世界接轨的南方,因一艘船而走天涯的南方。而南方可以是岭南,可以是香港,可以是台湾。

也许,所有的亲戚都以为柳梦梅是过大庾岭,去赴科举了。然而,唯他自己知道,不是的,他曾承诺于生命的,不止这么少。生命要求于他的,也不止这么少。必有更神圣巨大的任务,那是什么?他也不知道,但他知道如果自己完成了那项任务,便也会附带完成了自己。

"如果你呼叫我,我就为你跨生越死,为你而重履人世,我会褰裳涉水,离开冥河。"

度阡越陌,攀山涉水,过大庾岭,走梅关,柳梦梅终于知道,能去爱一女子,竟是身为男人极伟大的正业。

请你来,来叫醒我,我僵冷,我枯索,请你以你来自炎方的丰饶腴美来润泽我、复苏我。然而,你又必须先爱上我,因为冷冷的呼叫只会令我更冷更灰。只有爱,才是无边的法力,才是超生越死的仙术。所以,真的,你必须先爱上我,凭一幅画,凭画中藏宝图一般的眼波和笑靥的描绘，你必须被勾起我们共同的梦中的记忆，你必须想起我依稀的眉目和呼吸，你必须想起你对我的爱，我才会响应你的呼唤，踏着星光和花香而来。

《牡丹亭》故事极单纯，不过是一个年轻的男孩和女孩生死以之的爱情。然而又极复杂细致，因为"来自炎方"的一切是如此迷人，如神话。

如果你要问我"炎方"两字果真如此令我动容吗？我会说，是的，南方温暖而华美的体质使我着迷，救赎会来自丰美的炎方。但是，如果没有可供救美的杜丽娘，来自炎方的柳梦梅又有什么情节可言呢？

遇见

因为有人知道你幼小时期的容颜。

你是幸福的，

高处何所有

——赠给毕业同学

很久很久以前，在一个很远很远的地方，一位老酋长正病危。

他找来村中最优秀的三个年轻人，对他们说：

"这是我要离开你们的时候了，我要你们为我做最后一件事。你们三个都是身强体壮而又智慧过人的好孩子，现在，请你们尽其可能地去攀登那座我们一向奉为神圣的大山，你们要尽其可能爬到最高最凌越的地方，然后，折回头来告诉我你们的见闻。"

三天后，第一个年轻人回来了，他笑生双靥，衣履光鲜：

"酋长，我到达山顶了，我看到繁花夹道，流泉淙淙，鸟鸣嘤嘤，那地方真不坏啊！"

老酋长笑笑说：

"孩子，那条路我当年也走过，你说的鸟语花香的地方不是山顶，而是山麓，你回去吧！"

一周以后，第二个年轻人也回来了，他神情疲倦，满脸风霜：

"酋长，我到达山顶了，我看到高大肃穆的松树林，我看到秃鹰盘旋，那是一个好地方。"

"可惜啊！孩子，那不是山顶，那是山腰，不过，也难为你了，你回去吧！"

一个月过去了，大家都开始为第三个年轻人的安危担心，他却一步一蹭，衣不蔽体地回来了。他发枯唇燥，只剩下清炯的眼神：

"酋长，我终于到达山顶，但是，我该怎么说呢？那里只有高风悲旋，蓝天四垂。"

"你难道在那里一无所见吗？难道连蝴蝶也没有一只吗？"

"是的，酋长，高处一无所有，你所能看到的，只有你自己，只有'个人'被放在天地间的渺小感，只有想起千古英雄的悲激心情。"

"孩子，你到的是真的山顶，按照我们的传统，天意要立你做新酋长，祝福你。"

真英雄何所遇？他遇到的是全身的伤痕，是孤单的长途，以及愈来愈真切的渺小感。

西湖十景

　　如果有幸到杭州的西湖去玩，如果有幸，站在一个视野最好的角度，请问，你能不能放眼望去，把西湖十景都收到眼底呢？

　　答案是："不能！"

　　为什么？

　　世上没有一个景致可以在一刹那间得到它全部精华。请问，你怎么可能同时看到"平湖秋月"和"苏堤春晓"呢？那至少需要用掉一个清凉美丽的春天早上和一个幽静深远的秋天夜晚，才能欣赏到的。至于"柳浪闻莺"和"断桥残雪"在时间上也是绝对不可能同时得兼的景致，"雷峰夕照"和"三潭印月"时间上虽然相距不远，但毕竟一个在黄昏一个在夜晚，"南屏晚钟"要最安静的慧心才能听到，"曲院风荷"要有风的时候，才能领略。像西湖这种天地钟灵的地方，哪里只是随随便便就可以一眼看穿的？

你要怎样才能索探到比较完整的西湖的美呢？答案是，时间。

不管你多么有钱，不管可以坐怎样的交通工具，不管你身后跟着多少侍从，你仍然没有办法在欣赏"平湖秋月"的同时看到"断桥残雪"。

西洋人有一句谚语说：

"即使上帝，也不能在三个月里造出一株百年橡树。"

更确切一点说，恐怕是上帝不喜欢一株速成的百年橡树，连上帝也喜欢按部就班地用百年的岁月来完成一棵百年橡树呢！

比讲理更多

这世上有人不跟我们讲道理。我们赚的钱，他们来偷；我们跟他签契约，他们不遵守；我们对他好，他却忘恩负义。这种人，我们叫他们"坏人"。

好在这世上大部分的人肯和我们讲道理，或者接近讲道理。我们买了车票，便可以上车；我们向对方点头，多半能收回微笑，或者咧嘴；我们付出半斤猪肉的价钱，多半可以买到七两猪肉回来。这种人，我们叫他们"普通的人"。

但是，这世界上却有一些人，比肯讲理的人对我们更好的人，这种人无以名之，勉强说，他们是"有恩于我们的人"。

譬如我们问路，那素昧平生的路人，不但愿意详细告诉你，甚至还肯陪你走一段，或像我们小时候的老师，容忍我们的迟钝和愚笨，向我们不厌其详地解释一道数学题。或者是有花的春天早晨，有茶的冬天深夜，我们偶然翻书，翻到远在两千年前或此刻生活在八万里外一位哲人的智慧，当下恨不得找他们道谢，但他们却不知身在何处。而我们，何德何能，却大模大样地享受着哲人一生苦思焦虑的智慧结晶，接受他们惊人的可爱的"人生导游"，他们待我们如此之好，远远超过我们本分应得的。事实上，这个世界上，待我们恩情超出"常理之外"的人太多了。

至于我们自己呢？是不是一板一眼地和别人进行数学式的，讲理而毫不吃亏的人生交易呢？或者，我们肯比讲"理"更多走一步，走到不与人计较的"情"的世界里来呢？

时　间

　　一锅米饭，放到第二天，水汽就会干了一些，放到第三天，味道恐怕就有问题，第四天，我们几乎可以发现，它已经变坏了，再放下去，眼看就要发霉了。

　　是什么原因使那锅米饭变馊变坏——是时间。

　　可是，在浙江绍兴，年轻的父母生下女儿，他们就在地窖里埋下一坛坛米做的酒，十七八年以后，女儿长大了，这些酒就成为嫁女儿婚礼上的佳酿，它有一个美丽而惹人遐思的名字，叫"女儿红"。

　　是什么使那些平凡的米变成芬芳甘醇的酒——也是时间。

　　到底，时间是善良的还是邪恶的魔术师呢？不是，时间只是一种简单的乘法，另把原来的数值倍增而已。开始变坏的米饭，每一天都不断变得更腐臭。而开始变醇的美酒，每一分钟，都在继续增加它的芬芳。

在人世间，我们也曾经看过天真的少年一旦开始堕落，便不免愈陷愈深，终于变得满脸风尘，面目可憎。但是相反的，时间却把温和的笑痕，体谅的眼神，成熟的风采，智慧的神韵添加在那些追寻善良的人身上。

同样是煮熟的米，坏饭与美酒的差别在哪里呢？就在那一点点酒曲。

同样是父母所生的，谁堕落如禽兽，而谁又能提升成完美的人呢？是内心深处紧紧环抱不放的求真求善求美的渴望。

时间将怎样对待你我？这就要看我们自己是以什么态度来期许我们自己了。

遇　见

一个久晦后的五月清晨，四岁的小女儿忽然尖叫起来。

"妈妈！妈妈！快点来呀！"

我从床上跳起，直奔她的卧室，她已坐起身来，一语不发地望着我，脸上浮起一层神秘诡异的笑容。

"什么事？"

她不说话。

"到底是什么事？"

她用一只肥匀的有着小肉窝的小手，指着窗外。而窗外什么也没有，除了另一座公寓的灰壁。

"到底什么事？"

她仍然秘而不宣地微笑，然后悄悄地透露一个字：

"天!"

我顺着她的手望过去，果真看到那片蓝过千古而仍然年轻的蓝天，一尘不染令人惊呼的蓝天，一个小女孩在生字本上早已认识却在此刻仍然不觉吓了一跳的蓝天，我也一时愣住了。

于是，我安静地坐在她的旁边，两个人一起看那神迹似的晴空，她平常是一个聒噪的小女孩，那天竟也像被震慑住了似的，流露出虔诚的沉默。透过惊讶和几乎不能置信的喜悦，她遇见了天空。她的眸光自小窗口出发，响亮的天蓝从那一端出发，在那个美丽的五月清晨，它们彼此相遇了。那一刻真是神圣，我握着她的小手，感觉到她不再只是从笔画结构上去认识"天"，她正在惊讶赞叹中体认了那份宽阔、那份坦荡、那份深邃——她面对面地遇见了蓝天，她长大了。

那是一个长得不能再长的夏天的下午，在印第安纳州的一个湖边，我起先是不经意地坐着看书，忽然发现湖边有几棵树正在飘散一些白色的纤维，大团大团的，像棉花似的，有些飘到草地上，有些飘入湖水里，我当时没有十分注意，只当偶然风起所带来的。

可是，渐渐地，我发现情况简直令人暗惊，好几个小时过去了，那些树仍旧浑然不觉地在飘送那些小型的云朵，倒好像是一座无限的云库似的。整个下午，整个晚上，漫天漫地都是那种东西，第二天情形完全一样，我感到诧异和震撼。

其实，小学的时候就知道有一类种子是靠风力靠纤维播送的，但也只是知道一道测验题的答案而已。那几天真的看到了，满心所感到的是一种折服，一种无以名之的敬畏，我几乎是第一次遇见生命——虽然是植物的。

我感到那云状的种子在我心底强烈地碰撞上什么东西，我不能不被生命豪华的、奢侈的、不计成本的投资所感动。也许在不分昼夜的飘散之余，只有一颗种子足以成树，但造物者乐于做这样惊心动魄的壮举。

我至今仍然在沉思之际想起那一片柔媚的湖水，不知湖畔那群种子中有哪一颗种子成了小树？至少，我知道有一颗已经成长，那颗种子曾遇见了一片土地，在一个过客的心之峡谷里，蔚然成荫，教会她，怎样敬畏生命。

我不知道怎样回答

有些时候，我不知道怎样回答那些问题，可是……

有一次，经过一家木材店，忽然忍不住为之驻足了。秋阳照在那一片粗糙的木纹上，竟像炒栗子似的爆出一片干燥郁烈的芬芳。我在那样的香味里回到了太古，恍惚可以看到遮天蔽日的原始森林，我看到第一个人类以斧头斫向擎天的绿意，一斧下去，木香争先恐后地喷向整个森林，那人几乎为之一震。每一棵树是一瓶久贮的香膏，一经启封，就香得不可收拾。每一痕年轮是一篇古赋，耐得住最仔细的吟读。

店员走过来，问我要买什么木料，我不知怎样回答。

我可能愚笨地摇摇头。我要买什么，我什么都不缺，我拥有一街晚秋的阳光，以及免费的沉实浓馥的木香。要快乐，所需要的东西是多么出人意料地少啊！

我七岁那年，在南京念小学，我一直记得我们的校长。二十五年之后我忽然知道她在台北一个五专做校长，我决定去看看她。

校警把我拦住，问我找谁，我回答了他，他又问我找她干什么。我忽然支吾而不知所答，我找她干什么？我怎样使他了解我"不干什么"，我只是冲动地想看看二十五年前升旗台上一个亮眼的回忆，我只想把二十五年来还没有忘记的校歌背给她听，并且想问问她当年因为幼小而唱走了音的是什么字——这些都算不算事情呢？

一个人找一个人必须要"有事"吗？我忽然感到悲哀起来。那校警后来还是把我放了进去，我见到我久违了四分之一个世纪的一张脸，我更爱她——因为我自己也已经做了十年的老师，她也非常讶异而快乐，能在灾劫之余一同活着一同燃烧着，是一件可惊可叹的事。

儿子七岁了，忽然出奇地想建树他自己。有一天，我要他去洗手，他拒绝了。

"我为什么要洗手？"

"洗手可以干净。"

"干净又怎么样？不干净又怎么样？"他抬起调皮的晶亮眼睛。

"干净的小孩才有人喜欢。"

"有人喜欢又怎么样？没有人喜欢又怎么样？"

"有人喜欢将来才能找个女朋友啊！"

"有女朋友又怎么样？没有女朋友又怎么样？"

"有女朋友才能结婚啊！"

"结婚又怎么样？不结婚又怎么样？"

"结婚才能生小娃娃，妈妈才有孙子抱啊！"

"有孙子又怎么样？没有孙子又怎么样？"

我知道他简直为他自己所新发现的句子构造而着迷了，我知道那只是小儿的戏语，但也不由得不感到一阵生命的悲凉，我对他说：

"不怎么样！"

"不怎么样又怎么样？怎么样又怎么样？"

我在瞠目不知所对中感到一种敬意，他在成长，他在强烈地想要建立起他自己的秩序和价值，我感到一种生命深处的震动。

虽然我不知道怎样回答他的问题，虽然我不知道用什

223

么方法使一个小男孩喜欢洗手，但有一件事我们彼此都知道，我仍然爱他，他也仍然爱我，我们之间仍然有无穷的信任和尊敬。

他曾经幼小

我们所以不能去爱大部分的人，是因为我们不曾见过他们幼小的时候。

如果这世上还有人对你说：

"啊！我记得你小时候，胖胖的，走不稳……"

你是幸福的，因为有人知道你幼小时期的容颜。

任何大豪杰或大枭雄，一旦听人说：

"那时候，你还小，有一天，正拿着一个风筝……"

也不免一时心肠塌软下来，怯怯地回头去望，望来路上多年前那个痴小的孩子，那孩子两眼晶晶，正天不怕、地不怕地嬉笑而来，吆呼而去。

我总是尽量从成年人的言谈里去捕捉他幼小时期的形

象，原来那样垂老无趣口涎垂胸的人竟也一度曾经是为人爱宠为人疼惜的幼小者。

如果我曾经爱过一些人，我也总是竭力去想象去拼凑那人的幼年，或在烧红半天的北方战火、或在江南三月的桃红、或在台湾南部小小的客家聚落、或在云南荒山的仄逼小径，我看见那人开宗明义的含苞期。

是的，如果凡人如我也算是爱过众生中的一些成年人，那是因为那人曾经幼小，曾经是某一个慈怀中生死难舍的命根。

至于反过来如果你问我为何爱广场上素昧平生的嬉戏孩童，我会告诉你，因为我爱那孩童前面隐隐的风雷，爱他站在生命沙滩的浅处，正揭衣欲渡的喧嚷热闹，以及闪烁在他眉睫间的一个呼之欲出的成年。

娇女篇
——记小女儿

人世间的匹夫匹妇，一家一计地过日子人家，岂能有大张狂、大得意处？所有的也无非是一粥一饭的温馨，半丝半缕的知足，以及一家骨肉相依的感恩。

女儿的名字叫晴晴，是三十岁那年生的，强说愁的年龄过去了，渐渐喜欢平凡的晴空了。烟雨村路只宜在水墨画里，雨润烟浓只能嵌在宋词的韵律里，居家过日子，还是以响蓝的好天气为宜，女儿就叫了晴晴。

晴晴长到九岁，我们一家去恒春玩。恒春在屏东，屏东犹有我年老的爹娘守着，有桂花、有玉兰花以及海棠花的院落。过一阵子，我就回去一趟，回去无事，无非听爸爸对外孙说："哎哟，长得这么大了，这小孩，要是在街上碰见，我可不敢认哩！"

那一年，晴晴九岁，我们在佳洛水玩。我到票口去买票，两个孩子在一旁等着，做父亲的一向只顾搬弄他自以为得意的照相机。就在这时候，忽然飞来一只蝴蝶，轻轻巧巧就闯了关，直接飞到闸门里面去了。

"妈妈！妈妈！你快看，那只蝴蝶不买票，它就这样飞进去了！"

我一惊，不得了，这小女孩出口成诗哩！

"快点，快点，你现在讲的话就是诗，快点记下来，我们去投稿。"

她惊奇地看着我，不太肯相信：

"真的？"

"真的。"

诗是一种情缘，该碰上的时候就会碰上，一花一叶，一蝶一浪，都可以轻启某一扇神秘的门。

她当时就抓起笔，写下这样的句子：

　　我们到佳洛水去玩，

　　进公园要买票，

大人十块钱，

小孩五块钱，

但是在收票口，

我们却看到一只蝴蝶，

什么票都没有买，

就大模大样地飞进去了。

哼！真不公平！

"这真的是诗哇？"她写好了，仍不太相信。直到九月底，那首诗登在中华儿童的《小诗人王国》上，她终于相信那是一首诗了。

及至寒假，她快十岁了，有天早上，她接到一通电话，接到电话以后她又急着要去邻居家。这件事并不奇怪，怪的是她从邻家回来以后，宣布说邻家玩伴的大姐姐，现在做了某某电视公司儿童节目的助理。那位姐姐要她去找些小朋友来上节目，最好是能歌善舞的。我和她父亲一时目瞪口呆，这小孩什么时候竟被人聘去做"小小制作人"了？更怪的是她居然一副身膺重命的样子，立刻开始筹划，她的程序如下：

一、先拟好一份同学名单，一一打电话。

二、电话里先找同学的爸爸妈妈，问曰："我要带你的女儿（儿子）去上电视节目，你同不同意？"

三、父母如果同意，再征求同学本人同意。

四、同学同意了，再问他有没有弟弟妹妹可以一起带来。

五、人员齐备了，要他们先到某面包店门口集合，因为那地方目标大，好找。

六、她自己比别人早十五分钟到达集合地。

七、等齐了人，再把他们列队带到我们家来排演，当然啦，导演是由她自己荣任的。

八、约定第二、第三次排练时间。

九、带他们到电视台录影，圆满结束，各领一个弹弹球为奖品回家。

那几天，我们亦惊亦喜，她什么时候长得如此大了，办起事来俨然有大将之风，想起《屋顶上的提琴手》里婚礼上的歌词：

这就是我带大的小女孩吗？

这就是那戏耍的小男孩？

什么时候他们竟长大了？

什么时候呀？他们

想着，想着，万感交集，一时也说不清悲喜。

又有一次，是夜晚，我正在给她到香港小留的父亲写信，她拿着一本地理书来问我：

"妈妈，世界上有没有一条三寸长的溪流？"

小孩的思想真令人惊奇，大概出于不服气吧？为什么书上老是要人背最长的河流、最深的海沟、最高的主峰以及最大的沙漠，为什么没有人理会最短的河流呢？那件事后来也变成了一首诗：

我问妈妈：

"天下有没有三寸长的溪流？"

妈妈正在给爸爸写信，

她抬起头来说：

"有——

就是眼泪在脸上流。"

我说："不对，不对——

溪流的水应该是淡水。"

初冬的晚上，两个孩子都睡了，我收拾他们做完功课的桌子，竟发现一张小小的宣传单，一看之下，不禁大笑起来。后生毕竟是如此可畏，忙叫她父亲来看，这份宣传单内容如下：

　　你想学打毛线吗？教你钩帽子、围巾、小背心。一个钟头才二元喔！（毛线自备或交钱买随意。）
　　时间：一至六早上，日下午。
　　寒假开始。
　　需者向林质心登记。

　　这种传单她写了许多份，看样子是广作宣传用的，我们一方面惊讶她的企业精神，一方面也为她的大胆吃惊。她哪里会钩背心，只不过背后有个奶奶，到时候现炒现卖，想来也要令人捏冷汗。这个补习班后来没有办成，现代小女生不爱钩毛线，她也只有自叹无人来续绝学。据她自己说，她这个班是"服务"性质，一小时二元是象征性的学费，因为她是打算"个别教授"的。这点约略可信，因为她如果真想赚钱，背一首绝句我付她四元，一首律诗是八元，余价类推。这样稳当的"背诗薪水"她不拿，却偏要去"创业"，唉！
　　女儿用钱极省，不像哥哥，几百块的邮票一套套地买。

她唯一的嗜好是捐款，压岁钱全被她成千成百地捐掉了，每想劝她几句，但劝孩子少作"爱国"捐款，总说不出口，只好由她。

女儿长得高大红润，在班上是体形方面的头号人物，自命为全班女生的保护人。有哪位男生敢欺负女生，她只要走上前去瞪一眼，那位男生便有泰山压顶之惧。她倒不出手打人，只是一本正经地说：

"我们空手道老师说的，我们不能出手打人，会打得人家受不了的。"

俨然一副名门大派的高手之风，其实，也不过是个"白带级"的小侠女而已。

她一度官拜"文化部长"，负责一个"图书柜"，成天累得不成人形，因为要为一柜子的书编号，并且负责敦促大家好好读书，又要记得催人还书，以及要求大家按号码放书……

后来她又受命做"卫生排长"，才发现指挥人扫地擦桌原来也是那么复杂难缠，人人都嫌自己的工作重，她气得要命。有一天我看到饭桌上一包牛奶糖，很觉惊奇，她向来不喜甜食的。她看我挪动她的糖，急得大叫：

"妈妈，别动我的糖呀！那是我自己的钱买的呀！"

"你买糖干什么？"

"买给他们吃的呀，你以为带人好带啊？这是我想了好久才想出来的办法呀！哪一个好好打扫，我就请他吃糖。"

快月考了，桌上又是一包糖。

"这是买给我学生的奖品。"

"你的学生?"

"是呀，老师叫我做××的小老师。"

××的家庭很复杂，那小女孩从小便有种种花招，女儿却对她有百般的耐心，每到考期女儿自己不读书，却累得上气不接下气地教她。

"我跟她说，如果数学考四十五分以上就有一块糖，五十分两块，六十分三块，七十分四块……"

"什么？四十五分也有奖品?"

"哎哟，你不知道，她什么都不会，能考四十分，我就高兴死啦!"

那次月考，她的高足考了二十多分，她仍然赏了糖，她说:

"也算很难得啰!"

我正在聚精会神地看一本书，她走到我面前来:

"我最讨厌人家说我是好学生了!"

我本来不想多理她，只喔了一声，转而想想，不对，我放下书，在灯下看她水蜜桃似的有着细小茸毛的粉脸：

"让我想想，你为什么不喜欢人家叫你'好学生'，哦！我知道了，其实你愿意做好学生的，但是你不喜欢别人强调你是'好学生'，因为有'好学生'，就表示另外有'坏学生'，对不对？可是那些'坏学生'其实并不坏，他们只是功课不好罢了，你不喜欢人家把学生分成两种，你不喜欢在同一个班上有这样的歧视，对不对？"

"答对了！"她脸上掠过被了解的惊喜，以及好心意被窥知的羞赧，话音未落，人已跑跑跳跳到数丈以外去了，毕竟，她仍是个孩子啊！

那天，我正在打长途电话，她匆匆递给我一首诗：

"我在作文课上随便写的啦！"

我停下话题，对女伴说：

"我女儿刚送来一首诗，我念给你听，题目是《妈妈的手》。"

婴孩时——

妈妈的手是冲牛奶的健将，

我总喊："奶，奶。"

少年时——

妈妈的手是制便当的巧手，

我总喊："妈，中午的饭盒带什么？"

青年时——

妈妈的手是找东西的魔术师，

我总喊："妈，我东西不见啦！"

新娘时——

妈妈的手是奇妙的化妆师，

我总喊："妈，帮我搽口红。"

中年时——

妈妈的手是轻松的手，

我总喊："妈，您不要太累了！"

老年时——

妈妈的手是我思想的对象，

我总喊："谢谢妈妈那只大而平凡的手。"

然后，我的手也将成为另一个孩子思想的对象。

念着念着，只觉哽咽，母女一场，因缘也只在五十年内吧！其间并无可以书之于史，勒之于铭的大事，只是细细琐琐的俗事俗务。但是，俗事也是可以入诗的，俗务也是可以萦人心胸，久而芬芳的。

世路险巇，人生实难，安家置产，也无非等于衔草于老树之巅，结巢于风雨之际。如果真有可得意的，大概止于看见小儿女的成长如小雏鸟张目振翅，渐渐地能跟我们一起盘桓上下，并且渐渐地既能出入青云，亦能纵身人世。所谓得意事，大约如此吧！

路

一

喜欢"路"那个字。

"路"的一半是"足",意思是指"脚所踩的地方",另一半是"各",代表"各人有各人的去向"。

有所往,有所返,有所离,有所聚,有所予,有所求——在路上。

二

有一段时间的西洋戏剧,也不知为什么,故事总发生在街上，跟现在的"客厅戏""卧房戏"相比，仿佛那时候的人浑身上下有用不完的精力和兴头，成天野在外面。连莎士比亚的好几个戏剧都如此，有名的《错中错》，主角便是从小离散的两对双胞胎主仆，一旦机缘巧合，居然同时到了一个城里，这一来，街坊邻居乃至妻子都被他们搞糊涂了，而这两个人彼此居然还不知道。

看来，古人的街路真好，一个人大清早出门，就仿佛总有许多故事，许多跃跃然欲发生的传奇情节在大路上等你——运气好的时候竟然不妨在街上碰到自己的双胞兄弟。

三

中国旧戏里的伶人也叫"路歧"，有学者猜测原因，说是大约因为伶人常演"走入歧途"的情节，所以干脆把演员叫成"路歧"。依我看，应该是演员自感于仆仆风尘的江湖生涯而采用的名字。一向爱死了一出旧戏里的句子：

路歧歧路两悠悠，不到天涯未肯休。

附带的，也爱东坡某首诗里的薄凉意味：

俯仰东西阅数州，老于歧路岂伶优?

想来，属于我的这半生，做教授是不得已，真正羡慕的还是：

有人学得轻巧艺，敢走南州共北州。

真正想去的还是那——

冲州撞府的红尘路。

能走南撞北，能把舞台当说法的坛，演千遍悲欢离合，是非得失，是多令人心动的一件事!

四

"大道之行也，天下为公"，说这句话的哲学家，想必常常在街上溜达吧! 事实上整个中国哲学里所讨论的问题是"道"，而道，既是"真道"，也是"言道"和"道路"。

坐在车子里上街的孔子显然相当愉快，他跟街上的人也熟，看见对面有人过来，他就凭着车前的杠子弯腰致意，那根杠子叫轼，就是后来苏东坡的名字。

有一次孔子照例又在路上走着走着，因为是异乡，所以迷了路，叫弟子去问路，却问出一肚子气回来，那人的回答翻成鲜活的白话应该是这样的：

"哎哟，他这人到处跑码头，什么门路没被他钻遍啊，倒来向我问路，我才不跟他这种熟门惯路的人指路呢！"

看来孔子是真的常常身在街路上了，也幸亏如此，若是他身在庙堂，中国就少了一位"至圣先师"了。其实细算起来似乎古今中外的先知圣贤都习惯站在大路上说话。耶稣如此，苏格拉底如此。释迦牟尼如果不在路边看到出殡镜头，哪里会懂得生老病死，深宫里怎能有可以令人悟道的事件？

五

古人有时劝人行善，而行善的项目居然是"造桥铺路"。身为现代人当然不能再随便铺路了，但作为一个都市的市民，至少应该爱那些如棋盘如蛛网的纵横路吧？

六

在台北，如果要散步，入夜以后的爱国西路最好，没有一条街有那么漂亮的茄冬，关于这一点，知道的市民很少，倒是小鸟全都知道。爱国西路虽短却有逸气，相较之下，中山南路嫌板，仁爱路嫌硬，敦化南路嫌洋。

七

迪化街那一带最好骑脚踏车慢慢逛，一家一家的布店，里面一张大木案子，因为爱那种斑驳黯淡的木色，有一次我傻乎乎地问道：

"你们可不可以换一张新桌子，把这张卖给我？"

布店老板淡淡地摇头：

"这怎么可以——这桌子我做囝仔的时候就有了，大概八十年了，怎么可以卖！卖了生意会败！"

没买到木桌子，心里却是高兴的，只要那张木桌子在就好，至于在我家或在迪化街，岂不一样？老板既真心尊重它，且让他去生意兴隆。后来每想起迪化街就想起那些实实扎扎的布店，一板一板的布匹，一张挂着老花眼镜方方正正的老板的脸。

八

迪化街也卖种子和杂货，种子对我而言最大的作用是"自欺"，没有土地的人怎么可能种花种菜？但有一包雏菊种子在手，至少可以想象一大片春花。

看杂货批发也很过瘾，大篓的爱玉子堆得像小山，想起来真像原矿一样动人。这些小东西能洗出多少晶莹剔透的爱玉来啊！一篓爱玉子足够供应好几条街的滑玉作坊呢！

木耳冬菇，干枯黝黑，却又隐隐把山林的身世带到闹市来。大虾米也叫金钩，有些霸里霸气的样子，它带来的是海洋的身世，已经没壳没头，还一径金金红红地惹眼。想来东北人叫它海米真好玩，到底是庄稼人，明明是虾，却偏说它是海里的米。我每次总站到老板娘再三问我要什么才离开。要什么，一时怎么说得清楚，要的只是一个懵懂书生对生活的感知。每见货运车南北奔驰，心中总生大感激，一粥一饭，一鱼一蔬，都是他人好意，都该合十敬领。

平常不容易看到的黑糯米在这里也能买到，黑黑红红，像减肥以后的红豆，颜色如此厚意殷殷，如果此刻有人告诉我此物补血，我想必立刻深信不疑。

九

如果往长安西路转，可以顺便找到染料店，那些染料小包弄得我如痴如醉，自己染布，这样调调，那样搅搅，可以弄出千百种颜色，比画画好玩多了。平生不会画画的遗憾，至此也就稍平了。

十

迪化街往另一边转过去是民生西路，我晃着晃着总会去买一两只光饼来吃，光饼圆而小，撒芝麻，微咸，中间一个小洞，相传是戚继光部队的军粮，中间那个小洞是供穿绳成串挂在脖子上用的。我吃光饼倒跟历史意识无关，只因童年家住双连一带，常到民生西路市场上买这种小饼。光饼很耐嚼，像三十年来的台北。

十一

去过纽约的第五街，去过旧金山渔人码头，去过好莱坞的日落大道、巴黎的香榭丽舍大道，甚至到莎士比亚故居斯特拉特福村的埃文河畔徘徊，只是一旦入梦，梦里的街衢绕来绕去却仍是孩提时期的双连火车站一幕。鼓锣喧天处是歌仔戏在作场啊！海浪布幕搅成一片海雨天风，蚌壳精就从那里上场了，管弦呕哑，吸取月华的蚌壳精一上场有好多掌声啊！三十年前的七月半，路边的一场野台戏，蚌壳精在海涛里破浪而出……

十二

如果你爱一个国家，从那个城市开始吧！

如果你爱一个城市，从那些街路开始吧！

而在你爱那些街路的时候，先牢牢地记下这些熙攘鲜活的街景吧！

名家散文

鲁迅：直面惨淡的人生

胡适：天下没有白费的努力

许地山：爱我于离别之后

叶圣陶：藕与莼菜

茅盾：斗争的生活使你干练

郁达夫：夜行者的哀歌

徐志摩：我有的只是爱

庐隐：我追寻完整的生命

丰子恺：我情愿做老儿童

朱自清：热闹是它们的，我什么也没有

老舍：有朋友的地方就是好地方

冰心：繁星闪烁着

废名：想象的雨不湿人

沈从文：每一只船总要有个码头

梁实秋：烟火百味过生活

林徽因：你是人间的四月天

巴金：灯光是不会灭的

戴望舒：我的心神是在更远的地方

梁遇春：吻着人生的火

张中行：临渊而不羡鱼

萧红：我的血液里没有屈服

季羡林：微苦中实有甜美在

何其芳：紧握着每一个新鲜的早晨

孙犁：人生最好萍水相逢

琦君：粽子里的乡愁

苏青：我茫然剩留在寂寞大地上

林海音：唯有寂寞才自由

汪曾祺：如云如水，水流云在

陆文夫：吃也是一种艺术

宗璞：云在青天

余光中：前尘隔海，古屋不再

王蒙：生活万岁，青春万岁

张晓风：年年岁岁岁岁年年

冯骥才：生活就是创造每一天

肖复兴：聪明是一张漂亮的糖纸

梁晓声：过小百姓的生活

赵丽宏：闪烁在旷野里的微光

王旭烽：等花落下来

叶兆言：万事翻覆如浮云

鲍尔吉·原野：为世上的美准备足够的眼泪